日◎本
推理大师
长篇佳作丛书

噩梦的设计者

森村诚一◎著　施元辉◎译

海峡出版发行集团
海峡文艺出版社

图书在版编目(CIP)数据

噩梦的设计者/(日)森村诚一著;施元辉译.—福州:海峡文艺出版社,2019.7
ISBN 978-7-5550-1892-6

Ⅰ.①零… Ⅱ.①森…②施… Ⅲ.①推理小说—日本—现代 Ⅳ.①I313.45

中国版本图书馆CIP数据核字(2019)第100660号

噩梦的设计者

(日)森村诚一 著 施元辉 译

责任编辑	何 莉		
出版发行	海峡文艺出版社		
经　　销	福建新华发行(集团)有限责任公司		
社　　址	福州市东水路76号14层	**邮编**	350001
发 行 部	0591—87536797		
印　　刷	福州德安彩色印刷有限公司	**邮编**	350008
厂　　址	福州市金山工业区浦上标准厂房B区42幢		
开　　本	890毫米×1240毫米 1/32		
字　　数	200千字		
印　　张	8		
版　　次	2019年7月第1版		
印　　次	2019年7月第1次印刷		
书　　号	ISBN 978-7-5550-1892-6		
定　　价	28.00元		

如发现印装质量问题,请寄承印厂调换

目　　录

主要人物表

财川总一郎：亿万大富翁，财川商事董事长，总经理。

财 川 一郎：财川总一郎的儿子，继承人。

多 津 子：财川一郎之妻。

水木时彦：流氓集团成员，私生子。

财川聪次：财川总一郎的弟弟，财川商事专务董事，副总经理。

谷口敏胜：财川总一郎的妹夫，财川商事专务董事。

谷口惠子：财川总一郎的妹妹，谷口敏胜的妻子。

神川君代：化名浅冈喜美枝，财川总一郎的情妇，谷口敏胜的情妇。

神川美佐子：财川一郎的女秘书，私生女。

阿　　松：高谷松，财川总一郎的女仆。

大　　桥：财川商事的总务部长。

柴　　崎：水木时彦的流氓同伙。

户　　波：私立侦探社侦探，后成为多津子的情人。

草　　场：警视厅刑事。

入　　江：警视厅刑事。

序　幕

灯火辉煌，觥筹交错。财川总一郎虽已到耄耋之年，但他独生儿子的这一结婚盛宴，喜气洋洋，仍然闪耀着他在政界财界的熠熠荣光。

达官显贵们纷纷寄来了贺信，连在国外访问的总理大臣也拍贺电来了。这些与其说是送给今天这个喜宴上的两位青年主角，倒不如说是在赞颂新郎的父亲。

对于新郎、新娘来说，不管人们在背后将如何议论他们，或者早已经议论开了，他们也全不在乎。因为他们此刻置身于豪华的宴席中，沉醉在来宾纷纷向他们举杯祝贺的狂热的气氛中。

宴会接近尾声了。千人以上的来宾纷纷退席，这时，总一郎轻轻招手，把一郎叫到身边来。

“到了网盐温泉镇以后，你马上去找一个叫水木时彦的年轻人。噢，他应该住在温泉镇后一棵松树下的那间小房子里吧。”

“父亲，您说的水木时彦，究竟是什么人?”

突然听父亲说到一个陌生人的名字，一郎不禁一怔。父亲自从因患轻度脑溢血躺倒以后，现在虽初步恢复健康，但神志尚不太清醒，常常说出令人感到怪异的话来。一郎想，他现在是不是又在说什么糊涂话呢！

“你见到他就知道了。”

“见到他……”

“是的！”几乎是斩钉截铁的回答。

父亲注视着一郎，瞬间，他的眼睛又放射出昔日尖锐的逼人的光芒。

怪不得父亲虽然为他们举行如此盛大的结婚宴会，却又让他们去极其普通的伊豆度蜜月。“你们多次去过海外旅行，这次新婚就不必去国外了，就到伊豆东海岸的网盐温泉去吧。”父亲固执地指定了他们度蜜月的地点。

一郎还想更进一步向父亲了解有关水木时彦的事情时，尚未离开这里的亲戚和客人向他们走来了。

但谁也不知道他们父子之间的这一谈话。

第一章　罪恶的交易

1

这是一间卧室兼饭厅、会客室的小房间，水木时彦乏味地茫然地看着电视中的低级节目。已经是夜里十一时了，突然门外传来了似乎是什么东西撞门的声音。

“是客人吗?”

水木时彦侧耳倾听着。

自从被警察责令停止他的那种“买卖”以后，有些观光团体的客人不知从什么地方听到了他过去的行当，往往在参加宴会以后又来找他。

水木凝神听了一会儿，觉得没有什么动静了。

“是听错了。”

他把视线又转到电视屏幕上。

“白天，过着无聊的生活；晚上，看着低级的节目，人是越来越不中用了。”

他自嘲地苦笑道。这时，门外又传来冬冬的响声。

“果然门外有人！”

水木断定自己没有听错以后，才懒洋洋地从座位上站起来。房门是单扇的，当他手握住门把手时，感觉到外面有人往里推着门，好像不让他开门似的。

“您是谁？要是客人，请您回去，我已经不干那种买卖了。”

水木以为是哪一个醉客在恶作剧，才这样问道。可是门外代替回答的是仿佛动物似的呻吟声。这使水木心里感到有点儿害怕了。这里位于镇的尽头，是一片沼泽地带，星星点点的住宅在周围群山的怀抱中，静悄悄地躺着。

“喂，你不要推门哪，怎么……”

水木说不下去了。因为他好不容易把门推开一道缝儿时，发现有一个人躺在那里，堵住了门。

“哎呀，你怎么啦？是身体不舒服吗？”

水木不禁一愣，用力推开门，挤身出去，将那人抱起。这回可使他更惊讶不已了。仔细看，那人好像是头部负了重伤，从头到脸血淋淋的。啊！尤其头发好像在血水里浸过似的，发梢儿还滴着血。在从屋内射出来的昏暗的灯光下，那人受伤的脸实在惨不忍睹。这张脸水木觉得好像在什么地方见过，虽然现在变得如此可怕了，但是看上去却很熟悉，只是无论如何也想不起来了。

“喂，坚持一下！是谁把你打成了这个样子？究竟发生了什么事儿？”

水木两手抱着受伤者，用力摇晃着。这时那人用失去焦点的眼睛直望着空中，同时伸出了右拳。

“什么意思？”

那人竖起了食指和中指。

是V暗号。垂死的重伤者用右手表示这个暗号到底是什么意思呢？

“喂，你说话呀……”

水木鼓励对方，大声喊道。那人颤动着嘴唇，想说什么却说不出来，呻吟一声，便猛地垂下头去了。

“鼓起精神呀！”

水木又摇晃那人，可是这回没有任何反应了。水木用耳朵贴近他的胸膛，发觉对方的心脏已经停止跳动了。

“怎么，已经死了！”

水木意识到自己卷进一个不小的事件中去了。他仍然不知道对方究竟在什么地方负的重伤。

他感到自己现在的处境岌岌可危。他想，杀人的凶手如果出于某种动机给这个人以重创，这时也许还会追来看其行凶的结局。

或者凶手为了置他于死地，突然袭击，在未杀死他时，他侥幸逃脱了，这样凶手一定会尾追而来，补上最后残酷的一刀。

水木不寒而栗。他用恐惧的目光环视一下房子周围，没有发现什么动静。但他心里仍七上八下的：这时，凶手或许正屏住气息躲在黑暗的角落，紧盯着这里呢。

因为尸体不能就此陈放于门外，水木无可奈何地把他拖到屋内来。他关上门，又一次打量死者。死者身上穿着水木熟悉的浴衣，披着短上衣。从浴衣上分散印着的富士山花纹，水木马上看出死者是这个镇最高级旅馆“芙蓉馆”的客人。

“是来度蜜月的，或者是带女人来玩儿的吧。”他判断。

水木望着死者身上褐色的、织有金丝的短外衣。这种短上衣是专门供给独间高级客房的顾客的。水木从其买卖的经验中知道，住独间高级客房的顾客多为新婚夫妇。这个客人，他没有在火车站见过，大概是从京滨方面坐车来的。

“被留在饭店里的年轻女人还在等着他呢，真是可惜。”

得赶快报告警察。可是当他正要伸手拿话筒时，看到从死者上衣口袋里露出的皮钱包。他迅速地将钱包抽出来，觉得里面沉甸甸的。打开一看，竟使他惊喜得睁大眼睛。因为钱包里满满地塞着一大沓面额为一万元的纸币，粗略估计约有三四十张。这时，他的恐怖完全消失了。

“披着旅馆的浴衣，随便走出来，就携带这么多钱，那留在旅馆房间里的钱大概就更多了。”

水木在遐想。

突然一种卑劣的念头从水木脑际闪过。杀死这个人的凶手大概不是为了金钱吧，我如能巧妙地利用这个偶然机会，说不定能捞到一大笔钱财呢。

他想，在向警察报案之前，先通知住在芙蓉馆的死者的同伴。人既已死，晚一点儿报，也不会活过来。至于能否逮到凶手，与我无关。对警察，我从来就没有好感，而我最感兴趣的，从来也就是钱，钱。

水木全然不怕被怀疑为凶手。他自认与死者素昧平生，心中毫无杀死他的动机。当务之急是通知死者的同伴（大概总是女人），以索取礼金（这是很有可能的）。若是报了案，让警察先来一步，那就谈不上礼金了。

水木转动脑筋算计完毕，为找到能知道死者身份的证明书，又翻动钱包。

“有了!”

他从钱包中发现了一张硬纸片，是饭店寄存贵重物品时寄主与饭店各执一半的证据卡，上面写着“黑潮之间，财川先生”。

“黑潮之间”，这是每晚住宿费高达五万元的“芙蓉馆”内最高级的房间。这个有钱的死者，除了怀中随便揣这么多钱币外，在饭店里大概还寄存着其他什么贵重物品呢。

水木确信自己的估计不会出错，死者是一个相当大的财主。

“即便事后遭警察斥责，我也要搞到钱。”

于是，他毫不犹豫地以一种造作的声音给“芙蓉馆”挂电话，交换台立即将之接到“黑潮之间”，果然传来一个年轻女人的回答声。

“我是财川!”

从声音听出对方好像是二十三四岁的女人。

“哎呀，是你呀，把我一个人扔在房间里，你到哪里去了?”

看来对方是把水木当成她自己的丈夫了。

“不，我不是您丈夫。我是想告诉您有关您丈夫的事，所以才给您打电话。”

“怎么? 不是你? 可是声音很像很像呀。你不要和我开玩笑了。”

对方仍然用怀疑的语调说。

“我确实不是您丈夫。太太，您的丈夫我刚刚见到!”

“那么，他在哪里? 大约两个钟头之前，他说去大澡堂，但出了门一直到现在还没有回来。”

“这……我现在就难以告诉您了。”

此刻水木是无论如何也不能将真相告诉对方的。

“我丈夫怎么啦?”

“那个……太太，您不必惊慌……您丈夫稍稍受了点儿伤。”

“受了伤?”

从话筒里，水木可以听出对方屏住了气息。

“哎呀，伤重吗? 您是医生?”

“不，我不是医生，您丈夫受了伤，突然摔倒在我家门口，现在我让他在我家休息，请您马上来，好吗?”

“哎呀，不好了，他什么地方受了伤？情形会是怎么样呢?”

对方终于认识到问题的严重了。

“总之，请您马上来，我现在就去接您。”

“您现在是在什么地方给我打电话?”

“在芙蓉馆附近，走七八分钟就可以到饭店。我叫水木，不是什么可疑的人。芙蓉馆的人谁都认识我，您如果不放心，可以顺便了解一下。”

“知道了，我马上到大门口等您。”

从口气听来，对方好像是一个很有主见的女人。水木立刻换掉沾满血迹的上衣，出门时又慎重地锁上门。温泉镇的街很小，他很快就到芙蓉馆了。这时，他见到一个身穿十分考究的西装的年轻妇人，不需要求服务员引见，就在大门口的停车处等他了。她的身体轮廓清楚，面貌美丽，服饰摩登，从紧束的衣服里透出了诱惑男人的肉感。

这时，夜已深，大门口不见其他人影，这使水木感到放心。

“是水木先生吗?”

见到他走过来，年轻女人先开口道。

“噢，是财川先生的太太呀。”

可是，当水木走到她跟前时，那女人却突然哧哧地笑起来了。

“讨厌鬼，谁叫你开这样的玩笑?”

说着，亲昵地拍打着水木的肩膀。

“太太，您怎么啦?”

“刚才，在电话中，我就听出是你在搞恶作剧呢。你别开玩笑，赶快回屋去吧，要知道，今晚是我们的新婚之夜，值得纪念的仪式在等着我们呢。”

财川夫人谜一般的眼光，娇媚地注视着水木。

“太太，您恐怕弄错了，我不是开玩笑，您的丈夫确实……”

“您还开玩笑哪，这可不行。”

财川夫人说着，拉起水木的手。这时候她似乎才发现到水木的衣着和她丈夫的截然不同。

“怎么，你穿这样的衣服？”

她眼睛里泛起了怀疑的目光。

“我叫水木，是本地人。我希望太太别和我开玩笑了，您丈夫不好啦！”

“怎么，您不是我丈夫？”

“不是，难道说，我和您丈夫很相像吗？”

现在水木想起来了，刚才看到躺在他家门口的她的丈夫时，觉得好象在什么地方见过，原来是因为和自己长得很相像的缘故。两人相像得如此逼真，以至连死者的妻子一时都难以分辨出来。只是因为当时事出突然，加上那不速之客血淋淋的一副凄惨模样，水木才没意识到这一点。

“总之，您一看就知道了。总之，您跟我去。”

水木重复着“总之”两个字，抽回被对方拉住的手。看来，年轻的女人终于意识到事态严重了。

2

水木时彦每日过着像死一般的百无聊赖的生活。人活着应该有强烈的生命的感触，可是他没有。

但是，他不想自杀。自杀本身是痛苦的，多少需要些勇气。在现在这样每天慢性自杀似的生活中，他不愿重复这种麻烦。

现在，他寄生在这伊豆东海岸的网盐温泉镇。过去他曾是一个流氓暴力集团的成员，这个暴力团体在以横滨为中心的关东地区拥有势力。后来，这个暴力集团遭到警方镇压，水木时彦逃到这个小小的温泉镇来投靠母亲娘家的一个远亲。由于这里的生活比较舒适，他终于住下来了。可是，就像泡进了微温的温泉水中一样，不知不觉地，他失去了出人头地的机会。

网盐温泉镇风光秀丽，景色宜人。这里冬暖夏凉，不仅温泉丰富，而且近海浅滩是绝妙的海水浴场，所以，一年四季宾客如云。

钢筋水泥结构的旅馆，服务设施齐备，不比都市一流饭店逊色。游客中有各种各样、各个阶层的人，有许多从京滨方面来的观光团体、新婚夫妇，使这个小镇一年到头热闹非凡。

这里是旅游胜地，理想的度假场所。因而，映入低声下气为别人服务的水木眼中的，是人们兴高采烈、尽情游乐的神情。

大部分的游客也是终年匆匆忙忙，辛勤劳作，只不过想利用短暂的休假，探身温泉，洗涤生活中的污垢。可是在水木看来，好像是世人只把他排挤出游乐之列似的。

他在火车站前为旅馆拉客人。刚刚下了火车聚集在车站前的客人中，有些人还没有预订下住宿旅馆，水木把这些人介绍到和自己签下合同的某些旅馆里来，以赚得一定工钱。此外，还可以在旅馆里蹭顿饭、洗个澡，借此机会还可认识酒吧间的临时女帮工。有时，意外地分享到她们的肉体。因而，他可以说是旅馆的名副其实的寄生者。

可是，好景不长，各家旅馆都配备了专门的向导服务员，预先未订住宿的客人为之骤减。这样一来，水木再也没有过去那样的甜头可舐了。

明媚的风光，宜人的气候，不能当饭吃。水木本想趁此空档离开这块亡命之地。可是，生活在这温柔仙境里，就像泡在温泉里一样，他的身心已经变得懒散了。

他觉得要是离开这里就要患重感冒似的。总之，他已经习惯这个环境了，他也不愿受雇于人。现在，他还能勉强为旅馆拉客，招揽生意。如实在混不下去了，也只好去当哪一家旅馆的专职职员了。

多少有点儿野心的人都奔往大城市了。至今还逗留在这小镇上的，不是像水木一样被城市抛出来的，就是被这温泉小镇磨去锐气的人，再者就是妇人、老人和孩子了。这里，所有的旅馆都苦于长工劳动力不足。

有一段时间，水木觉得不能光靠给旅馆介绍顾客为生，于是，就转当摄影师。他到风景地、植物园等地方，专门给游客拍摄纪念照片。

可是这也不是好买卖。大部分游客都各自携带照相机。于是，他用摄影挣下的一些钱，把到这儿之后就一直租借的那间小屋略加改造，开设了裸体照片展览室。

这种行当，的确能够吸引观光团体的客人，获利不小。可是好景仍然不长，很快就被警察盯上了。一天，他被警方叫去，狠狠地训斥了一番。幸亏仅是警告而已，没有让留下指纹，就获赦免。但是警方警告他，如若重犯，定当严惩。

这样，他又回到火车站前来了。每天，当他看到那些衣冠楚楚、携带美女的游客时，嫉妒之心油然而生，甚至产生杀人的念头。

“在这广大的世界中，难道就没有我的用武之地吗?”他这样想着。可是毫无办法寻觅到如意的地方。否则，他绝不会在这乡下温泉镇再泡下去了。他意识到，如果搞不好，他甚至会被人从这块他唯一可以落脚的地方撵出去的。

他希望整个世界天翻地覆，让一切既成的东西都颠倒过来，这样或许能使自己有机可乘。

水木把人生比作长途列车。在这样的列车里，一开始就占有座席者，一直到终点也占据着座席；但最初被挤丢座席者，只能始终站着。

站立者要想获得好座席，除非列车中途发生什么故障，乘客改车换席，才能有这种机会。否则，将永远站立着。

水木刚乘上人生的列车时，就已经失去座席了。记得，他刚入大学不久，父亲就因交通事故而身遭不幸，母亲也因病相继死去。他为了能满足生活的要求，成了暴力集团的成员。

他的父亲原来是横滨市一家运输公司的会计。为人耿直，兢兢业业地工作。从小就看着父亲辛辛苦苦劳作的水木，深感父亲从早到晚为他人拨弄算盘，度过一生的生活是极其无聊的，甚至是愚蠢的。他压根不想去当这样的职员。父亲每天上下班时间像用图章刻出来似的：早九时上班，晚六时下班。父亲为人沉默寡言，水木也很少见到父母交谈过。父亲回家后，如果别人不去理他，他也会像一块木头似的，默默地坐在固定的位置上。

但一家人之间没有产生过什么仇恨。看来母亲对为侍奉丈夫而活着，没有什么不满和疑问。一家三口人默默地围住饭桌，默默地吃着饭、喝着茶。然后，又各自坐到自己的位置上去看电视。这似乎不是一个家庭，而是一个男人、女人、孩子同居的小集体。水木不喜欢父亲那样的生活方式。那是多么乏味的人生呀！

“一个人，一天八个钟头为别人算钱，那能够称为人的生活吗？”

他知道，他即便向父亲提出这个问题，父亲也回答不出什么来。父亲对儿子，对提出这个问题的儿子也是根本不了解的。对于父亲来说，不管是哪一种生活方式，都能活下去，因为父亲对人生是没有丝毫疑问的。

水木在年纪已相当大的时候，才知道母亲生他之前，曾在“热海”当过艺妓。据说，后来和常常到热海旅馆记账的父亲认识而结婚。

年轻时既然是艺妓，那总应该是一个标致的女人了。可是由于生活的折磨，水木记忆中的母亲，已经是一个没有生气、整天像睡眠不足似的浮肿着面庞的女人了。

但是，父亲好像不愿儿子重蹈自己人生的道路，他辛辛苦苦节衣缩食，攒下钱供水木上大学，似乎对儿子寄托着自己一生未竟的期望。

可是，他的梦想，也就是他父亲的梦想破灭了。不久，他父亲横遭不测：在下班回家途中，通过他家附近的一条人行横道时，被车撞死了。

公司方面认为，他父亲是在下班途中被车撞死的，不当作“因公死亡”，也不发给遗属抚恤金。

这就是公司对一生勤勤恳恳为之工作的父亲的唯一报答。不过公司也好象是出于恻隐之心，让他母亲到公司所属的出租汽车站工作。

出租汽车司机必须严守时间，轮流休息和上班。但由于他们都十分劳累，容易在休息时睡过了头，因此必须让人去唤醒他们。水木的母亲就是受雇去担任专门唤醒那些沉睡的人的工作的。

每天晚上，她必须按照名单，依次去唤醒那些睡成烂泥、非用力推唤而不睁开眼睛的司机们。因而，可想而知，她的任务是十分重大而艰巨的。

看到每天拖着疲惫的身躯回到家里的母亲，水木心想，她是多么可怜和愚昧呀！社会对老实人从来是不公平的，这一点，看看父母亲就知道了。父亲默默地用劳作来打发一生只有一次的生命，最后像一条虫似的躺在车轮下死去；母亲每天夜里在所有的人都沉入梦乡的时候去挨个地唤醒别人，而这种痛苦的工作却是公司因她丈夫死去，照顾她才让她干的。终于，母亲也在一个冬天患了流感，跟在丈夫的后面，匆匆离开了人间。

他们这算什么人生啊！

过去，每当他看到父母被生活所折磨时，就默默发誓：要为他们的不幸复仇，与其窝窝囊囊地受一辈子罪，倒不如去图个一时痛快。

于是他辍学，参加了流氓暴力集团。他以为，在流氓集团里，不用像拿工资的职员一样受无聊工作的束缚，可以随心所欲、痛快淋漓地吃喝玩乐。

实际上，能使那些不学无术、缺才少德的年轻人在金钱、女人和虚荣心方面得到满足的，也只有流氓暴力集团了。可是，即便在流氓暴力集团中，要想获得以上这些，也必须是出了名、当上了头头的，否则也所获甚少。

不仅如此，在扩张势力的“战斗”中，那些无名喽啰都被当作炮灰，冲在前面。

在这舒适的网盐温泉镇，没有暴力集团，这也是水木得以住下去的理由。不过，这里的生活逐渐消磨了他最初的锐气。

水木感到地方上因为他过去是流氓暴力集团的成员而有所惧怕，不敢怠慢他，使得他在这个镇上多少有些名气。正因为这样，他才能在这里混到今天。

“实在是无聊呀！”

今天从早到晚，他在车站前转来转去，却没有遇到需要他介绍旅馆的客人。现在是新婚旅行的最好季节，新婚夫妇都在要来之前预定了旅馆，因此，一下火车，瞧也不瞧水木这样介绍旅馆的掮客，就径自前往预定的旅馆去了。

偶尔只能在旅馆里通过临时女帮工满足性欲的水木，看到满面春风、喜气洋洋的新婚夫妇偎依着，快步地向旅馆走去时，感到自己的身世是多么凄惨呀。

最近相当长时间，他已经没有享受到女性的肉体了。再说，近来的临时女工尽是那些无论多饿，也激不起食欲的肥胖的中年妇女。

就在这样的时候，发生了这个事件。

水木带着财川夫人往自己家走去，她毫不怀疑地跟在后面。可能因为水木和她丈夫十分相像，她不由地产生好像平日跟着丈夫往前走的那种错觉。

刚才在旅馆门前不十分明亮的灯光下，他看出她是一个漂亮的女人。可是如今，这个美人儿却成了寡妇了。

“怪可惜的。”

水木心中在低语。他想象着年轻女人一见到丈夫死尸时的惊恐和悲哀，既感到幸灾乐祸又觉得可怜。

可以说，她是从幸福的绝顶跌落到不幸的深渊里了。

“她还是处女吧?”

他一边感触这个年轻女人紧跟在自己后面，一边作种种猜想。那种“怪可惜”的想法越来越强烈。

“就在这里。”

到达家门前时，水木指着这座作为家是怪难为情的小屋子这样说道。

“太太，您看到您丈夫时，要冷静呀!”

水木间接地提醒她。他想，这个女人如能像现在这样有主见，大概不会抱住她丈夫的尸体哭号吧。可是女人感情的变化是难以预料的，也是无法预防的。

尸体还在原处，看来凶手没有进来过。

“这是您丈夫吧！”

让财川夫人进去之后，水木指着尸体问道。瞬间，她倒抽了一口冷气，睁大眼睛，呆呆地站立在那里。

“他突然摔倒在我家门前时，只剩下微微一口气了，没等我问清他是被谁暗算、如何变成这个样子时，就死了。我不得已，打开他的钱包，发现寄存贵重物品的证明，才知道他的姓名和你们住宿的饭店房间。我想，反正没必要叫医生，就直接向太太您联系了。”

不知财川夫人是否在听水木说话。她正失神地站在那里，没有悲叹，也没有痛哭。

大概是由于突然面对丈夫的死，巨大的惊恐把其他感情都封闭了。

“太太，您的悲痛我理解。不过还要请您节哀。我现在马上通知警察，不一会儿，他们来到时还要向您调查，您应该振作精神回答。”

此时，对方正处于悲痛之际，无法向她索取酬谢金。水木决定赶快通知警察，时间再也不能拖延了。

现在向死者家属索取酬谢金，显然不是时候。

她要过一个阶段之后，才有心思考酬谢金的事儿。如果忘了，是要提醒她的。

虽然这样，他还是希望在警察介入之前，得到那笔钱。可是，要使别人意识到必须感谢，往往要经过一段时间。

“钱包没有被抢走，凶手恐怕不是为钱财而作案的。”

水木把死者的钱包在财川夫人面前晃了一晃，但是她却毫无反应。看来，不得不打消现在就索取酬谢金的念头了。

水木无奈，拿起电话听筒。

“等一等！”

当水木伸手开始拨 110 号码时，财川夫人阻止道。

“为什么？”

水木难以理解，他望着财川夫人。

“在向警察报案之前，我想知道更为详细的事。请您把我丈夫倒在这里以后的情形详细地告诉我。”

刚才表情显得惊恐万端的财川夫人，突然变得异常冷静。大概是一时的虚脱已经过了吧。她的语气也显得很坚定。

“当时，我正在房间里看电视，突然听到门外有什么东西倒下去的声音，打开门一看，原来是您丈夫倒在血泊中。”

“当时，他说什么了吗？”

“他几乎失去意识，好像想说什么，嘴唇微微发颤，但说不出来。”

这时，水木想起了财川在临死时伸出中指、食指表示的“V”暗号。这大概是他想告知凶手是谁的手势吧。可是，水木把这件几乎说出口的事情强忍住吞下去了。

“在没有取得酬谢金之前，不能把所有的事情都告诉她。取得酬谢金之后，装作突然想起来再说也不晚。”

他就像舍不得把材料写出来的作家一样，把这个情报秘密地隐藏起来了。

“莫非你就是凶手吧！”

突然，财川夫人眼睛里射出剑一般的光，望着水木。

“我？这不是开玩笑吗？我这是第一次见到您丈夫，我为什么要杀死他？再说，我要是凶手，就不会特地告诉太太了。”

水木愤然地说。

“嗯，有道理。您好意特地通知我，我这样说实在是很失礼的。”

“马上通知警察吧，我可担心莫名其妙地被怀疑上！”

现在索取酬谢金，肯定不合时机。刚才为了这个目的，满不在乎地去通知被害者的妻子，可是再拖延时间，会引起警察怀疑，水木心里不由地嘀咕起来。

自己过去是暴力集团的成员，已经被地方的警察盯上了。而且最近又因被嫌疑犯有当众猥亵妇女罪而被警方讯问过。

自己虽然对不存在有杀人动机这一点感到放心，可是被害者身上携有大笔金钱，因而自然会被人怀疑为谋财害命，那就说不清道不明了。

“要是这样可得不偿失了。”

水木意识到自己一时疏忽，陷于危险境地了。

“我有个要求。”

财川夫人眼睛中忽然闪烁出一种妖媚的光——一种绝非丈夫刚被害的新婚妻子所会有的目光。她含情脉脉地望着水木，这使水木不知为什么只感觉有一股寒气掠过脊背似的。

“请您不要告诉警察。”

“为什么？”

水木强烈克制住自己，不去望财川夫人那闪烁着迷人的妖媚的光的眸子，反问道。

“我既然提出要您不要告诉警察，那就请您务必当我的伙伴。”

“伙伴？”

“他叫财川一郎，您听过这个名字吗？”

“这……”

“那么，财川总一郎呢？”

“这个名字听过。”

财川总一郎是战后动荡时期崭露头角的财川财阀的总帅。水木虽然和财阀毫无缘分，但是从报纸和杂志上经常可以看到这个人的名字。

“他就是财川总一郎的独生子，也就是财川财阀的继承人。”

“怎么？他是财川财阀的……”

水木又一次望着躺在地上的死者。

“您不觉得您和财川总一郎的这个独生子长得非常相像吗？你和他的长相如此惟妙惟肖，以至作为他妻子的我一时都辨别不出来了。”

“你们是刚结婚的吧？”

水木想起了她刚才说的今晚是他们新婚初夜的话。

“我们已经认识很长时间了。由于财川家的反对，虽然举行了结婚仪式，但我还没有加入他家的户籍。现在，您大概知道我为什么不希望您报案的原因了吧？”

水木感到好像在黑暗中浮现出一个什么朦朦胧胧的轮廓，可是还不能清楚地把握住其造型。

“我作为一个女人，把自己的生涯押在财川一郎身上。一个女人如何努力，所获得的幸福也是有限的，不少女人以为能够在公寓内的一个小天地为丈夫和孩子服务一辈子是幸福的，而我以为这太平凡了。我要作最大限度的尝试。为此我把狙击的目标对准财川一郎，终于和他结了婚。可是，在提交结婚登记之前，他死了。从法律上，我还没有被承认是他的妻子，我过去所有的努力和付出的心血，现在都化为泡影，这您知道了吧。”

在黑暗中描绘的轮廓越来越清楚了。

“如果现在就向警察报案，我将会一无所获地被赶出财川家。他们本来想拒我于门外，一郎死了以后，更不会让我入籍了，所以我想和您做一笔交易。”

“交易？什么交易？”

“您和一郎外貌相像得差一点儿让我认不出来，甚至声音也很相像。如果能把一郎的尸体埋在什么保险的地方，您当他的替身，我想大概谁都不会知道吧。”

“这简直是……”

对于她这荒唐和离奇的念头，水木一时竟惊讶得说不出话来。

“这绝非是荒唐可笑的，有十拿九稳的把握。我要你充当替身人的时间不需很长，直到我入了财川家的户籍为止。这样，我将作为财川总一郎唯一继承人的妻子得到巨大财产的继承权，如能进行得顺利，我将分给您三分之一的财产。您愿意合伙干吗？”

财川夫人越来越含情脉脉地注视着水木。女人的野心聚集在这闪烁媚态的眸子里面，正在熊熊燃烧呢。

“请您不要嘲弄我了。我虽然和他外貌相像，但仔细一看，必有不同之处。即便一眼难以分辨，但绝对难以瞒过他的父母、亲戚和朋友。请您打消这种不合乎实际的念头，赶快通知警察吧。”

水木不知不觉忘记了他刚才为了索取酬谢金而拖延向警察报案的事。它比起财川夫人（应该说还不算是正式的夫人）的这种巨大的野心，自己的算计简直微不足道。

虽然荒诞不经，但是，混入财川财阀窃取巨大财产的继承权，这是多么野心勃勃的诱人的计划啊！

“您恐怕以为我单纯考虑你和他很相像而采取这一招儿，不是的，有利的条件很多。首先，最大的对手财川总一郎最近因患脑溢血而神志不清。一郎的母亲早已病故，剩下的就是佣人们了。我是在美国认识一郎的，这几年他一直在美国，亲戚、朋友很少见到他。四五年来，我和他朝夕相处，对他是最了解的。在我的眼睛里看来，你们俩都难以辨认，那么你就不必担心被别人识破了。”

“可是我和他所处的环境完全不一样，习惯和癖好各不相同，光外貌相像，是难以蒙混下去的呀！”

“这些，我可以教您，没有学不会的。下决心干吧，看起来您……”

她环视水木简陋的房子。

“看来，您的生活并不宽裕。所以，即使失败了，您也不会失去什么的。可是，若成功了，就能得到像您这样的人辛劳一辈子也绝不可能取得的巨额金钱。人无论干什么，也要度过一生的，我一个女人尚且有点儿野心，何况您这个堂堂的男子汉呢？干吧！这总比在这小小的温泉镇混要有意思得多呢。”

“首先，如何躲开旅馆的耳目呢？”

看来，水木已经同意对方的计划了。

“您是本地人，难道不知道芙蓉馆的独间客房可以不通过门口的柜台，直接从院子里进去吗？”

“那么，浴衣和短上衣又如何处理呢？沾上的血迹是无法洗掉的啊。”

现在，水木指着财川一郎血淋淋的尸体，以同伙的口气说话了，一郎身上穿的由旅馆发的浴衣和短上衣，正浸透着他的鲜血，看来普通人是无法将之洗涤成原来的样子了。

“这也值得为难？”她扑哧一笑，“说是要将它作为新婚旅行的纪念，让旅馆卖给我们就行了。给他们钱，他们就不会说什么了。”

“把尸体埋在什么地方呢?”

“这就得靠您了。为了绝对避免被人识破您这个替身人，务必把尸体埋到极为隐蔽的地方。因为今天晚上我们必须回到旅馆，所以要把尸体先埋到这附近的山中，等以后再移到安全可靠之处。”

水木开始考虑埋葬尸首最合适的地方。海岸附近必定人多显眼，而离此不远的山中，那就人迹罕至了。

“好吧，我同意当您的伙伴!”

水木说着，伸出右手。他意识到，他渴望已久的机会来到了。这虽然是一种极大的冒险，但是就像那个女人所说的，比起寄居在这乡下小镇上的无聊生活来，自己将可以去开拓五光十色的人生了。这难道不是为自己一家极不公平的命运复仇的绝好机会吗?现在所要猎取的是财阀财川总一郎的继承人的位置，这是一份极其美味的甚至单靠一人无法吞下去的丰盛的猎物。而且他还意识到，在这次狩猎中，他将得到一个伴随而来的尤物。

现在他将扮演的角色是财川一郎，即眼前这个妖媚女人的丈夫。要想获得一切，他必须进入角色，使自己在台上的演技更加逼真。

这是一个水木所喜欢的类型的美貌女人，虽然在这美貌后面隐藏着极大的野心。奇怪的是，她那眼角细长的眸子里，还闪烁着一种冷静的光。稍宽的额头，端正挺直的鼻子，使整个面部给人以一种富有理智的印象，而绷紧的樱桃小口和丰润的脸颊，使她的侧脸显得柔和协调。尽管是穿着西服，也丝毫没有减少那匀称丰满的肉体所具有的魅力。总之，她身体的每一部分都能激起男性的欲望和想象。野心是野心，肉体是肉体、必须分开。水木感到她肉体散发的诱惑，把自己深深地吸引过去了。

如果在街上和这样的美貌女子擦身而过，水木往往产生想将她得到手的羡望和绝无可能得到手的失望交织在一起的情感。此刻，他觉得这种羡望即将变成事实。

既然我能逼真地扮演那个丈夫，那么，她当然也要演好妻子了。

“我会成为她事实上的丈夫。”

她不就是在实现这庞大计划的同时落到自己手中的美味的赠品吗？

“好的，我们达成了协议。”

她也伸出手，握住水木伸过来的手。这是一只既柔和又坚定的手。水木觉得，这只手将他从黑暗的深渊拉到阳光普照的云端之上。她是神，即便是凶神，也的的确确使他摆脱了目前这种可悲可怜的处境。

“我们还彼此不知道姓名呢。”

“我叫水木时彦。”

“我叫多津子。”

两个人的手紧紧地握在一起，相互注视着。到此，一个奇妙的协议达成了。

3

水木把财川一郎的尸体，背到后山一个桦树、野菜、杜鹃花丛生的被当地人叫作“貉洼”的沼泽地掩埋起来了。这里地形复杂，周围是茂密的原始森林，是一个晴天也透不进一丝阳光的阴暗潮湿的地方。当他掩埋完尸体回到芙蓉馆的独间客房时，已经是凌晨四时了。

多津子还在等着他。

“你辛苦了。”

她好像是在问候下班回家的丈夫。可是，又马上用一种紧张、急促的语气问道：

“没被人撞见吧?”

“你放心好了，那一带夜里绝不会有人的。”

“是谁对一郎下的毒手呀?”

多津子自言自语地说。

“难道你没有发现什么可疑的人吗?”

在处理一郎尸体的整个过程中，水木一直提心吊胆。他生怕凶手尾随而来，于是极为小心谨慎，不时回头张望。庆幸没发现后面有人尾随。

凶手大概认为一郎业已丧命而放心地离开了，或者因别的意外，来不及补上最后一刀，就从现场逃走了。还有一种可能，即凶手离开以后，一郎又苏醒过来，挣扎着，来到水木家门口。

总之，现在最可怕的是不知道凶手是谁。

“目前，我实在想不出是谁下的毒手。”

“谁能够在杀死财川一郎之后获得利益呢?”

“一郎是当今日本最最有财有势的亿万富翁的继承人。人事、社会关系极为复杂，因而现在还一时难以猜测谁是凶手，这只能有待今后慢慢地观察了。眼下，你得赶快去洗澡，这模样被旅馆的人看到，要被怀疑的。”

水木把一郎的尸体背到山上去掩埋，身上沾满了血和土，虽则当他悄悄溜进房间时没被人撞见，但是，如不马上脱下衣服，洗净血迹，那是很危险的。

“脱下这身衣服，我就没有可换的了。一郎的浴衣和短上衣也随着一起掩埋了。”

“这里还有一郎的很多衣服，你和他的身材就像一个模子里浇铸出来似的，穿着一定很合适。总之，你赶快去浴室洗澡。”

再过一个钟头，天就亮了。虽然服务员未经顾客召唤不能敲门进屋，但还是小心为妙。

水木被赶进浴室。

他从浴室出来时。多津子在等着，给他披上一件浴衣。

“这是我的浴衣，你披上吧，我不需要。”

她仍然是刚才那一身打扮。浴衣她好披过，可以闻到一股高雅的清香。

“那你不用浴衣吗?”

水木觉得多津子那身穿戴好像是防身的铠甲。

“我不需要浴衣，你不必对我不放心。我们现在是夫妇，你要像一个丈夫那样。”

看来那种想像会变成现实的。

自己是偶然地被卷进这个案件中的，在多津子的突如其来的劝诱下，扮演了个主要角色。此刻，一种不安的思绪掠过他的脑际：他已不能缩身退步，摆脱目前的处境了。否则自己将陷入无法自拔的泥潭。

最初的激动过去以后，他本能地想到如何保护自己了。

“朋友，你不能三心二意，再不能了。偷偷地掩埋被害者尸体，这是什么行为?你该知道。船既然已开航，就再也不能回头了。”

多津子奸猾地笑着。水木这才感到自己犯下了隐匿尸体罪。尽管这是在她的唆使下进行的，但如果她矢口否认，那自己也没办法摆脱。即使想揭发她唆使自己扮演一郎的替身，以获得遗产的阴谋，也拿不出证据来。

结果，自己成了罪犯，而多津子呢，因为是被害者的新婚妻子，反而处于被损害的一方。

事到如今，惊慌失措是会招致更大危险的。

是进入地狱之门，还是通向天堂之梯呢？现在尚难判断。需要过一段时间才能下结论。

“你不要害怕，一切听我的，定能成功。傻呆呆地站在那里干什么，过来，过来呀。现在你已经是我丈夫了，今晚是我们的新婚之夜呀。”

多津子脸上浮现出妖冶的笑容。一种强烈的冲动在水木心中涌起。现在，和她的结合，是实现共同的野心必不可少的手续。虽然踏上通往目标的航船无须持有什么义务的票券，但是哪一个男人能抗拒这个女人的诱惑？

水木不犹豫了。他径直地往女人那边走去，这样，两个躯体吸在一起了。

“等一等！”

多津子按住水木想急切地剥下她衣服的手，低语道：

“把灯关掉！”

“现在还管这些！”

带着一种想粗暴地蹂躏对方的心理，水木叫道。

“我并非怕难为情，我只是不愿意让人窥见我们协议的签订仪式罢了。”

“签订仪式”，这是多么形象的比喻呀！水木心里想道。因为，这不是两个相爱的人肉体的结合，而只是一种手续，是双方为了获取巨大的利益而签订协议时履行的手续。

演戏虽然要求演得逼真，但终归是戏，逼真的演技不是出于真心。这种交换对方肉体中自己所没有的部分，以满足双方欲望的关系，实在不坏。这是一种双方以色作为手段，满足性欲的非正式夫妻关系。

房间顿时暗了下来。当水木的眼睛适应了这一片漆黑时，晨曦已透过窗子漂进豪华的卧室，清晨悄悄来到，从围绕这座“离宫”的四周竹林中传来小鸟婉转的啼叫声。

晨光朦胧的房间里，水木尽情地享受多津子半透明的肉体，几个钟头以前还是素不相识的一对男女，现在，为了宏伟的目标，正在举行新婚夫妇初夜的仪式。

虽然算是演戏，但行为本身却是真实的。不，正因为是演戏，要求比真实还要真实。为了更能满足自己的享受，掌握主导权，双方没有丝毫爱的相让和羞涩。

旭日临窗，漫长的“签字仪式”才告结束。此时，两个躯体像两堆白色的烂泥，平平地摊在床上。

“我一定要在合适的时候，干掉这狠心的女人。”行为结束以后，水木心里想道。

“我现在已经是财川一郎了。待我利用这个角色，巧妙地继承了财川总一郎的遗产后，多津子就成了我唯一的障碍了。从她那里得到我该得到的一切之后，那个时候……”

“一郎。”

水木处于性行为后的松弛状态中想入非非时，多津子叫道。

瞬间，水木根本没有意识到多津子是在唤他。

“哎呀，糟糕，我是在叫你呀！你现在已经不是水木时彦，而是财川一郎了。水木时彦已经死了，被埋在伊豆的深山中。看来，当务之急，是训练名字。”

“知道了。我还没习惯呢，因为才刚刚举行‘仪式’呢。”

“习惯了，我们就可以成为真正的夫妇。不过，有一点你不可忘记，只有我一个人知道你不是财川一郎，没有我，你一辈子将困在这山村小镇，永无出头之日。这以后，我要不教你一切知识，你将恢复原形，还是那个一贫如洗的水木时彦。这一点，你要记住!”

多津子仿佛看透水木内心似的说道，这使水木意识到，自己还要经过相当长的一段时间，才能掌握这个计划的主动权。

第二章　新婚旅行

1

财川财团是以财川公司为中心的战后迅速发展起来的新兴财阀。最初，财川总一郎发起成立这个公司时，职员人数总共还不到五十人。后来，在20世纪四十年代后半期，总一郎趁美军订货之机，巩固了其企业基础。恰巧当时政府执政者是他的同乡，在经营方面给他以多方面的照顾，使其企业规模不断得以扩大。

财川公司的所谓“政商”性质，就是在当时应运而生的。财川公司在发展过程中，合并了电气铁路公司、百货公司、饭店、剧场、娱乐服务设施、高尔夫球场等，变成了新兴的企业集团，并且以日新月异的姿态继续发展下去。创立这庞大财团的财川总一郎，尽管有许多风流艳事，但其公开的儿子只有原配妻子留子所生的一郎一个人。

除留子外，总一郎大概还有几个情人。可是五年前，妻子因患肝病去世以后，他为了不使财产继承问题变得复杂化，没有让任何一个情人踏进自己的家门。

总一郎视一郎为掌上明珠，十分溺爱。他为了儿子将来的幸福，强忍妻子死后的寂寞与不便之种种苦楚，表面上过着单身生活。

一郎从日本的大学毕业后，又到美国的大学去求学。

他和多津子是在美国认识的。

出生在一个渔场主家庭的多津子少年早熟，在高中时代，就成了少女流氓。高中毕业以后，她死命劝说父母同意她上东京求学。到了东京以后，把名字挂在一个短期大学的学生簿里，在父母鞭长莫及更加无法管教的情况下，东游西荡。

在短期大学期间，她认识了一个来参加学园祭（即学园节节日。）的美国学生，并跟着他回到美国。到美国后，和那位美国学生在旧金山同居了两个月，但后来却被那男的抛弃了。因为她是拒绝了父母劝阻来美国的，实际上父母已和她中断了来往。这样，她就回不了日本，沦落为脱衣舞女、裸体模特甚至妓女。她和一郎认识时，在罗斯安捷鲁斯的一家土产品商店当售货员。那商店的工资根本无法满足她的挥霍，因而她在当售货员的同时，引诱那些看起来有钱的客人，和他们发生关系，以获得一些零花钱。

一个被男人欺骗来到异国他乡，而又遭到抛弃的女人，要想单独生活下去，那就必须出卖她最宝贵的东西。

她很知道自己的美貌和丰满的肉体的价值。可是，在那些新结交的萍水相逢的顾客中，她却捞不到多少钱财。

她工作在专向日本人出售商品的商店，她等待着更大的猎物落网。

这大猎物就是财川一郎了。

当时一郎利用大学放暑假的时机周游美国。他经过罗斯安捷鲁斯时，偶然来到多津子的商店，一下子就迷上了妖媚的多津子。他立即改变原来的旅行计划，决定在那里住下来，并经常进出多津子的土产品商店。

当然，最初多津子以为一郎不过是一个普通的游客。

可是，当她知道这位游客原来就是赫赫有名的财川财阀的继承人时，就使出了全身的本领对他进行集中攻击。对于一个女人来说，这是千载难逢的机会。她下定决心，无论如何要把他猎取到手。

经过一番苦心设计，终于奏效了。她的“爱情”结出了丰硕之果。一郎成了她服服帖帖的俘虏，不出所料，他急不可待地提出和她结婚的要求。

但是，结婚并非轻而易举，要获得财川家继承人妻子的位置，也并不像获得一郎那么简单容易。虽然财川总一郎原来只不过是一个平民，但后来却成为巨富，使他的家成了日本的名门大户。

就像英国纯种马必须导入与其相应的纯种作配偶似的，总一郎不会接受一个流落在美国的家世门第毫无名气的女子作自己的儿媳。

果然，总一郎竭力反对这门婚事。

他已经给儿子物色了对象，是财川集团的主要银行董事长的女儿。对方的家庭是一个比财川家更老的“名门”，和这样的家庭结为秦晋，从多种意义上来说，是相当有利的。

总一郎出身贫寒，脱颖而出后，忙于致富，无暇去进行一番绅士式的“修炼”。他耻于自己没有学识，因而不惜任何代价，让儿子接受最高等教育，除了学习专业知识之外，还想方设法让儿子到音乐、文学、美术等所有超一流的所谓高尚环境中去陶冶，以使之成为一个有气派的青年绅士。

总之，不管儿子智力、能力如何，总一郎要让他浸泡在学问和教养之中。因而，在他从日本的大学毕业后——这大都是由于金钱的作用——又让儿子到美国去留学。可是儿子却带回了令人哭笑不得的“土产品”。他尤其对儿子的情人是在父亲不在身边的地方勾引上自己的儿子这一点更为不满。

因而从这一点上来说，一郎无论带回什么人，总一郎都是不高兴的。在他看来，这种女人之所以瞒着他勾引一郎，肯定是出于获取财川家财产的动机的（事实果然如此）。

知子莫如父。在总一郎看来，从小娇生惯养的一郎完全是一个不可靠的继承人。虽然在父亲的半强迫下，被动地接受所谓高等教育，获得了所谓学者头衔（是否有真才实学，是值得怀疑的），但这不过是装潢门面罢了。这一点，总一郎比谁都清楚。在钩心斗角、尔虞我诈的商人世界里，它不起任何作用。

自己辛辛苦苦筑起的财川财团，有可能在自己的下一代手中失掉。他意识到，自己所溺爱的一郎越不成器，越应给他物色一个支柱，在自己百年之后支撑住一郎，使其免遭淘汰。

于是，他给一郎寻找了理想的配偶。她出生的家庭足可以成为一个有力的支柱。但是，一郎却领来一个来历不明的女子。把这种女人作为财川家继承人的妻子，那岂不是使这个大家庭乱套了吗？

女人是个妙龄女郎，美丽非凡，这也使总一郎很不高兴。在他看来，女人的美貌，对于他这个财阀家庭来说毫无必要。虽然携带美貌的妻子出席招待会什么的很体面，但对于商业事务，毫无作用。

他讨厌财界社交场上那些热衷于比赛风雅或争芳斗艳的有闲太太们。甚至认为她们是腐蚀丈夫的寄生虫。

实际上，他的妻子留子（一郎的母亲），几乎没有一点儿女人的魅力，但是她在幕后默默地侍奉丈夫，抚养儿子，并对此感到满足，作为妻子，这就够了。至于美貌女子，只要有钱，随时可以享受。

“妻子和性的伙伴不一样。”

这是财川总一郎的信条。因而在他眼里，富有女性魅力的多津子不是贤妻良母型的女子。

“绝对不同意你们结婚!”他咆哮着，“如果你们坚持要结婚，那就剥夺你们的继承权!”

失去继承权，那就意味着多津子的奋斗失败了。但是她知道，这些只不过是财川总一郎的恫吓。

财川总一郎疼爱一郎，这是众所周知的。可以说，他是为了一郎才奋斗挣下这庞大的家业的。

在这种情况下，多津子充分地估计了猎物的分量。

“爸爸，您大概误会了。我要的是一郎本人，即便失去继承权，一郎身无分文，我也要跟着他。我们即便得不到一点儿财产，也没关系。”

多津子故作姿态地说。

就在这时，发生了有利于她的事情。总一郎患轻度脑溢血以后，在对他们的问题上，态度迅速地软化了。

一贯对自己的身体很自信的总一郎，在突然发觉自己身体内部正在老化衰弱时，愕然一惊。他担心有可能第二次发作脑溢血。

至少要在自己意识尚清楚时，把后事托付给一郎，以解除后顾之忧。

这样，对儿子的这门婚事，由竭力反对变为同意了。他邀请亲戚和财界的知己们聚会一堂，给儿子举行盛大的结婚仪式。

来客们对这位一跃而成为贵妇人的多津子投以一种既羡慕

又嫉妒以及如同总一郎过去所持的怀疑的目光。但是“老头子”总一郎既然已经同意了，别人就没有理由说三道四了。

在海外结下姻缘的一对，新婚旅行的地点被父亲指定在国内的伊豆地区。

2

新婚旅行所余几天，多津子决定用来对水木进行有关财川一郎的教育。为了便于这种特殊训练，多津子取消已预约的全部饭店，到网盐温泉镇后深山中更偏僻的温泉旅馆去了。

他们在旅途中突然改变计划隐居起来，是不会引起人们怀疑的，因为这是人们新婚旅行中所常有的事。

连日来，多津子给水木讲授有关一郎的习惯、嗜好、兴趣、讲话方式、朋友关系、读书特点和笔迹等所有方面的知识。讲解得极为细致。这是一种极其特别的训练，在短短的时间内，多津子给水木“填”了不少知识。

“你和一郎不仅面貌、体形相似，而且你还具有他的特有素质，就像孪生兄弟一样。你们从本质上是相似的。因而你稍稍纠正不同的动作习惯，就可以了。”

多津子常常这样表扬他。可是，当水木稍稍违背了她的教导时，就会遭到她严厉的斥责。

“不对！我已经教过你几次了。还做不好，你太笨了！一郎不是这样咧着嘴笑个没完，他是一种矜持的笑！你再笑一笑，好，这回对了。把你的手指甲伸出来让我看看。瞧，你的指甲太长了。一郎是个神经质的人，他说指甲内是细菌的巢穴，总把指甲剪得短短的，以后你千万不要留指甲了。”

当水木第二天还系同样的领带时，多津子对他说：“领带是每天换着用的。一郎比较爱打扮，更爱时髦，他从来没有过两天系同一条领带的时候。”

“可是，系什么样的领带呢？”

“这由我来选择，非我选择的不能系。穿什么衣服也是件麻烦事，不能凭你自己的爱好穿。谁允许你抽烟了？一郎不用打火机，他说用火柴显得潇洒。你烟抽得太多了，一郎一天最多抽二十根。实际上他不喜欢烟，只是为了使自己显得有风度，才抽几根。他抽的日本烟是哈夷拉伊特，外国烟是给鲁伯多鲁特，除此两种，别的通通不抽。记住！”

“一天才二十根，这不等于戒烟吗？”

一天要抽六十根烟的水木不禁叫苦道。

“在人前，把抽烟的间隔时间拉长就可以了。要是一根接一根，你的画皮马上就会被剥下来，这一点，你得忍耐着点儿。现在就必须开始作节烟练习，节烟比完全的戒烟更难做到！”

“怎么？现在就开始节烟？”

“是的。叫烟鬼节烟比登天还难。因而除了我给你的之外，绝对不能抽！”

多津子毫不客气地命令着。

“你的发型也不对，你是三七开，一郎是八二开，分发线一定要整齐。用的是什么香水呀？香味稍浓了一点儿。”

有关发型的讲解终于结束了。多津子又指着旅馆房间里的电话，说道：

“你，给我拨一下电话！”

“电话？给谁打电话？”

“不管什么号码，拨一下就可以。”

“是这样吗？”

水木漫不经心地拿起话筒拨起来。

“怎么，你总是用食指拨电话吗?”

“谁不用食指拨电话呢?”

“这方面，你也需要练习。一郎是用中指拨电话。另外，你拨电话，太急躁了，要慢一点儿。对，就这样，不紧不慢。”

“我越来越没有信心了。因为你也未必完全了解一郎呀，他的癖好，他的志趣，他在认识你之前的朋友，你也不一定全知道。你虽然如此详细地给我讲解，并进行特训，但必有遗漏之处。因而，在外面如遇到一郎昔日的朋友，就可能会因为我某些未纠正的癖好而被识破。”

“事到如今，你还这么胆怯呀，一郎和以前的朋友们很少来往。人是不断变化的，即使他们看到你有什么不同之处，也不会大惊小怪的。”

“要是遇到他美国的朋友呢?”

“一郎到美国不久，就认识我了。因而我知道他在美国的所有事情。以后，除特殊情况之外，你都不要单独行动。我会跟在你身边，你放宽心，随时准备着就行了。提心吊胆，惊慌失措，最为危险。比起遇到一郎的朋友来，你更要准备应付遇到你自己的朋友呢!”

“我自己的朋友?那没问题。”

“这一点倒很自信!有特殊关系的女人吗?”

“这个……有几个。”

水木支支吾吾地回答。他和多津子虽然在作一种交易，但已“表演”了夫妇的仪式。因而在“妻子”面前，他羞于谈论过去和自己发生过关系的女性。

“混账，你羞什么?难道你以为我会和你过去的那些女人争风吃醋吗?我想问你的是，现在你和她们还保持关系吗?”

“一个也没有，我和他们都是一次性的。”

千真万确，因为他没有钱养女人。

“可是，女人是一种很敏感的动物。你即便和她发生一次关系，她也可能记住你的特点。记住，你绝对不可以再和她们来往了。你暂时就忍耐着，用我一个人吧。其实，你应该感到满足了，本来我这样的女人，你是没份的。现在，你算是癞蛤蟆吃上了天鹅肉了。”

她如此蔑视水木。即便这样，水木一句话也不敢反驳。

她的“教育”极为全面，甚至包括他们的房事。

“不行！一郎不用这种姿势，他讨厌这种像野兽一样的姿式。”

“谁也不会在夜里这样的时候窥视我们的。至少在这时候不要约束我。”

水木提出抗议。

“这种想法不对。你已经是财川一郎了。不管有没有旁人在场，你也要完全变成一郎……”

一切“训练”都是如此一丝不苟。讲解之后。还要进行一番测试。多津子会突然地叫一声“水木”，这时，水木若不留神答应了一声，那就糟了。作为惩罚，多津子不让他吃饭。

一个堂堂男子汉，况且过去曾是一个行凶作恶的暴徒，现在处在无法反抗、服服帖帖地就范的地位了。

“为了实现我们的计划，非这样认真不可。我希望我们同心协力。现在是我们能否获得几十亿财产的关键时刻。”

多津子这样开导他。他像一个忠实的奴仆表示服从，钱全部掌握在多津子手里，他遭惩罚饿着肚子时，也无法偷偷去买点儿吃的东西填肚子。他几乎是身无一文地跟着多津子来的，他原来住的所谓的家，也是空空如也。他突然离开那里，周围的人大概以为这位流浪汉又窜到别的地方去了。

“寄生虫”离开了本地，他们会拍手叫好，绝不会寻找的。

“你怎么教育，也不能使我一下掌握一郎所有的学问和教养呀。”

水木认为，这种荒唐的计划不会轻易取得成功。

当然，通过多津子的介绍，可以知道一郎并非是一个聪明有才干的人，但他毕竟凭借金钱，接受了最高等教育。至少，作为留美学生，能操一口流利的英语。

而水木自己，连大学都没有毕业。

现在，突然要扮演学完两个大学课程的学者，关于一郎的学问，多津子是无法讲授的。

看来，下一步“特训内容”更难了，自己更要遭殃了。

“没关系，一郎的学问有限。他是纨绔子弟，上大学是为了玩玩。你比他聪明，有能力，他的书籍只是摆着做样子。那些书，你平时略看一看，就能超过他。他说是在美国的大学已经毕业了，其实是中途辍学。他认识我以后，就不去上大学了。美国的大学，入学容易，退学难，而一郎学到半途不学了，校方对他没有办法，把他撵出来了。因为怕在人前丢脸，他就胡说什么毕业了。”

“可是，他的英语一定讲得很好吧？”

“你在向我介绍你的名字时，说 water · tree，能说这些就够了。外国人去美国，实际上并不十分需要英文，美国是一个世界各国人聚集的地方，在同国人之间怎样都能生活。一郎在那里使用的英语，不外乎那几句常用语。”

多津子冷笑道。此时，她鼻尖上的几丝皱纹聚在一起，更表现出她那妖妇的凶相。

通过多津子的介绍，水木知道财川家族的主要成员：总一郎的嫡子一郎，总一郎的弟弟妹妹各一人，即一郎的叔叔和姑姑。弟弟财川聪次是财川商事副总经理并兼任几家附属公司的重要职务。妹妹惠子，她的丈夫谷口敏胜，是财川商事的专务董事，兼任附属财川旅游公司的副总经理。

“这三个人是最难对付的对手。其中你的‘叔叔’‘姑姑’是看着一郎长大的，不过最近四年，一郎去了美国，他们就不大知道他的事了。”

“总一郎没有公开的情妇吗?”

“这还不太清楚。有一点是确实的，现在他并没有认领过私生子，不过难以断言他没有情妇。”

“新婚旅行回去之后，他们让我担任公司什么职务?”

“几乎在结婚的同时，总一郎让一郎担任财川公司的常务，回去以后，你的第一道难关是和职员们见面致意。作为未来财川财团的总头目，公司上下对你寄予极大的期望。”

“可是，我不善言辞呀。”

“这没关系，一郎也不是能说会道的人。你若侃侃而谈，反而会引起人们怀疑。”

“我在公司都干什么?”

“每天到常务办公室露一下面就可以了，因为是少爷，他们暂时不会让你干什么大事的，这期间你就可以和公司上下左右的人混熟了。你比一郎精明，胜任这种职务。”

“见到总一郎和叔叔、姑姑，被他们突然问到奇怪的事时，怎么办?”

“我尽可能地跟在你身边。问到令你尴尬的问题时，我可以替你适当回答打圆场，这里有诀窍，你一旦掌握了，以后就可以应付自如了。”

“我越来越担心了。”

“你又泄气啦！现在，气只能鼓而不可泄呀。比起这些来，一郎的尸体更为重要，你埋好了吧？要是那东西被人发现了，一切就都完了。”

“那你倒可以放心。因为那里是连当地人都不去的原始地带。”

“这件事千万不要露出一点儿蛛丝马迹。”

“你放心好了，不过，究竟谁是凶手呢?”

“这个，我现在也不知道。”

“凶手见到了我，一定会大吃一惊的。”

“凶手是我们最危险的敌人。在他看来，被杀死的人又活过来了，这里肯定有问题。”

“看来，有三个人能够在一郎死后获得财产继承权，就是聪次、惠子和谷口。即他们有杀死一郎的动机。他们之中谁若是凶手，那肯定知道我是替身，并要千方百计撕下我的伪装。”

“在这方面，对方有致命的弱点。”

“什么?”

“知道你是替身人，就等于承认他自己是杀害一郎的凶手了。”

“他们可以通过别的方法来揭露我。”

“那必须有真凭实据。没有充分证据，说你是替身，这对凶手来说是极为危险的。而且，在初次见面时，他们之中谁若是显露出十分吃惊的神情，那就说明，他极有可能是凶手。”

“凶手知道‘我’死里逃生，不知道会又要什么把戏呢!”

水木说完，因为恐惧，神色变得紧张起来。敏感的多津子一下子就看出来了。

“那就更得小心呀!”

她意味深长地笑着说。

的确，凶手看到被杀死的人又活过来，最初一定感到惊讶，随即冷静下来，又将重新产生杀机，并付诸行动，再次奇袭。

或者，凶手现在已又要出什么诡计了。新婚旅行中，丈夫被杀死，妻子没有骚乱，反而平静地继续预定的旅行，这不得不使凶手感到惊奇和不安。

改变旅馆也是为了避开凶手的耳目。在来到这偏僻的温泉时，他们十分注意有无跟踪者，但是并未发现有任何形迹可疑的人。

预定旅行的期限到了。

“我们明天就要回东京财川家了。要努力呀，一郎！”

在这“新婚旅行”最后一天的夜晚，两人从旅馆的窗口眺望东京方向的天空。只见星辰冷落，云海茫茫，远方的天空中闪烁着隐隐约约的雷电的光芒。

第三章　最初的关卡

1

七月十一日夜晚，水木和多津子回到了东京。到东京后，第一件要办的事就是去见财川总一郎。这是最初的一道关卡。他们是故意拖延到夜里回到东京的。因为这可以减少“父子见面”时露出破绽的危险性。如果能够掩饰最初的不协调，那么以后替身的假象就会逐渐地取代真相，安全率也就会越来越高。

总一郎家有几个老佣人。比起总一郎，他们更为可怕。之所以在夜里去见总一郎，也出于这个原因。

“就要深入大本营了。要冷静、勇敢些。最初开门迎接你的可能是一个叫阿松的老女佣，你要开口答话，该怎么说，我已经告诉你了。”

下了车，两个人站在夜色中显得更加森严壮观的总一郎宅邸前，心里不由感到紧张。

这所大宅邮位于世田谷成城一号的高级住宅街。透过砖柱和铁栅栏组成的围墙，只看到庭院里黑压压的茂密的树丛，其中隐隐约约地闪烁着几盏电灯光。这所宽敞的宅院在浓荫的树林覆盖下，好像无人居住似的，寂静无声。走近那令人畏惧的铁门前，多津子屏住气息，按了电铃。

从铁门到房子之间尚有相当的距离。按了电铃，没听到有什么动静。又过了一段时间，水木已经开始怀疑是否里面的人没有听到门铃声，这时，铁门内传来脚步声，接着，便门的小窗开了一条缝，有人向外张望。

“是谁呀?”

好像是个上了年纪的妇人的声音。多津子立刻捅了一下水木，水木答道：

“是一郎。请转告父亲，我们刚刚回来。”

“哎呀，是少爷，我马上给您开门!”

随即听到门锁声，便门打开了。这是一个警戒森严的家庭，令人感到，谁要是不小心闯了进去，就会立即被凶恶的狼狗扑上来咬住似的。此刻，水木感到仿佛整个宅邸都要拒他们于门外似的。

但是，他就要闯进去，并且要占领这个地方了。

在从远处撒过来的长明灯的灯光下，一个六十岁左右的老妇人迎了上来，她就是阿松。

跨进便门，是一条石径，通往里面宅邸。石径两旁是修剪了的整整齐齐的松墙。他们跟在阿松后面没走几步，突然从黑暗中传来狗吠声。

“今天这狗真奇怪呀，往日对少爷很亲热，而且从来不吠。”

阿松自言自语道。瞬间，水木身上冒出了冷汗。多津子没对自己说过一郎家有条狗。这种嗅觉敏感的动物，一下子就嗅出来他不是财川一郎了。

当务之急的事中还要加上一件：驯狗。水木心中不由暗暗叫苦。通过长长的石径，终于到了宅邸的正门口。在日本式房门的式台（注：建筑在正门门口迎送客人的台子）上，有几个男女恭恭敬敬地站着，当认出是他们夫妇时，一齐低头两手扶膝问候道：

“路上辛苦了。”

阿松是如何把新婚夫妇归来的消息传达给他们的？水木心里又吓了一跳，看来自己的对手非同一般。

水木什么也没有说。这反而使他在仆人面前显得落落大方。看来他们还未产生任何疑窦。

阿松引他们穿过宽阔的走廊。有关宅邸构造，多津子已经告诉过他了。

“老爷从清晨开始就等您了。”

阿松只向着水木说道，这使水木感受到这个家庭拒绝承认多津子的气氛。

他们被引进一个面对庭院的西洋式和日本式相结合的房间。这间房子由日本间和西洋间两部分组成，日本间像是日本民间工艺品室，在固定的陈列柜里，摆放着总一郎不惜重金收集的古代陶瓷、器皿等文物，而西洋间的地板上铺着织有动物图案的希腊地毯，靠墙壁放置着煤气暖炉、立体收录机、彩色电视、书架和里面陈列有各国名酒的酒柜。

这间屋子显得十分杂乱，据说是根据总一郎的爱好设计的，各种日常用品非常齐全。令人惊叹的是，在略高于地毯铺有十块榻榻米的中间分界处，安有滑动间壁，能够随时按主人的心绪和需要，将两间格调完全不同的房间分隔开来。

过惯西洋式生活，又切不断“乡愁”的总一郎，在这间房子里充分表现出了他的爱好。

此时，身穿便和服的总一郎，把身体深深埋在西洋间的沙发上。

之所以在西洋间会见长期生活在西方的年轻夫妇，大概是出于对他们无微不至的体贴吧。

看到他们两人走进来，总一郎稍稍从沙发上直起身。

“你们回来了，一直没有听到你们的消息，我很不放心。”

老人以急不可待的语气说道。

从庭院里吹来带有草味的凉风，在窗外蓝色的灯光下，柔和地吹动着房间里的空气。门窗上都安着透明的纱窗，阻挡小虫飞进来。

多次在报纸、杂志上见到的财川总一郎，此刻在水木面前笑了。这位战后激烈的年代里在日本财界崭露头角的财阀，现在看来已经是一个干瘪的老人了。

他的脸颧骨稍稍突出，呈六角形，并不宽大。发间泼着微霜，不均匀地渗有一些黑发，眼角细长，乍一看令人生畏的眼睛，如今目光已经呆滞。尖尖的鼻梁，薄薄的嘴唇。他本人竭力想使嘴唇绷紧，但下唇恐怕因有病的缘故而耷拉下来。

仔细一看，整个脸部的皮肤已经松弛，老人斑无情地爬在上面。如能绷紧嘴唇，仍不失为一副相当刚毅的容貌，但因病而诱发出来的老态，已经从这位财界巨人的表情中夺走了当年的锐气。

无疑这是一副从“人生第一线”退下来的老人容貌。但从总一郎身上能隐隐约约地看出一郎年轻的身姿面影。他们父子是十分相像的，虽然一个老态龙钟，一个风华正茂。

一触即发的可怕疾病夺去了这位财界巨人的经营才干和不屈的斗志，使他变得如同废人一般。几天来，他除了屈指计算日期盼望新婚旅行的儿子归来之外，别无他事可干了。

他把公司的经营托付给弟弟聪次、妹夫谷口敏胜，眼下一切顺利。可是昔日被称为追求暴力、扩充企业的“狂人”，如今“狂气”丧失已尽，每日除了吃、睡以外，就是呆呆地坐着，成了一个物体。

他经常把刚说过的话又忘记了。只有在和别人交谈时，看不出他有什么异常：他谈吐正常，对答适宜。可是也发生过这样的事情：他曾经一个人呆呆地坐着看了几个钟头电视，佣人感到奇怪，走近一看，电视屏幕上的图像早已模糊不清。但他竟在这样的电视屏幕前坐了几个钟头。

从此，他身旁的人才确实地感到总一郎身体内部的异变。

在这种异常的情况下，他允许一郎和多津子结婚。

“为什么不和我联系，从第一天晚上起就断绝了消息，使我日夜担心。”

总一郎带着责备的口气说，但目光仍然很温和。

“啊，实在对不起您了。”

水木恭敬地低下头。这时候，与其申辩，倒不如尽量少开口更为安全。

“想和意中人静静地度过蜜月的心情我理解，不过，和父亲总得保持联系呀。”

总一郎没有丝毫疑惑的表情。

“我几次想给爸爸打电话，都给一郎拉住了，他说，至少在新婚旅行期间，不要和外面联系。”

此刻多津子才放心地开口道。

“喂，一郎，你太过分了。你这小子真是娶了媳妇忘了爹呀!”

“不，为了以后更孝敬您老人家，当时才想至少在蜜月期间两人静静地在一起。”

水木随机应变，巧妙地回答。

"说得好！那么，今天晚上你们就住在这里吧。"

"我们刚回到东京，想回新居去住。"

总一郎在麴町给他们买了一套高级公寓。

"刚说要孝敬老人家，就想把我扔下了。"

总一郎抗议道。这时，阿松端着冷饮进来了。

"旅行愉快吗?"

阿松向着水木问。

水木这才第一次看清阿松的脸。她因为掉光了牙齿，嘴凹了进去。可是，皮肤却异常丰满光艳，这反而给人一种不协调的感觉。黑黑的头发油光发亮。但仔细一看发根，就知道是染的。

"过得还算愉快。"

"老爷给网盐温泉的芙蓉馆去电话，回话说你们已经离开了那里。后来，你们究竟到哪里去了？问了所有预约的饭店和旅馆，都说你们没有去过。这样一来，老爷可担心啦!"

阿松仍然侧对着多津子，对水木说。她虽然是一个女佣人，但在总一郎家供职十几年，看着一郎从小长大成人。她大概也把多津子看成一个为了谋取财川家亿万家产而"迷"住一郎的狐狸了。

阿松恐怕比总一郎的所有亲戚都危险。

"我们没有到远地方去，就在伊豆的深山里待了几天。"

多津子代替水木答道。

"伊豆的深山？究竟是哪个地方?"

阿松这才转向多津子问道。

"这是秘密。对吧，一郎。"

好像不屑对佣人谈论这件事似的，多津子从鼻子里哼了一声，转向"丈夫"，求得他的赞同。

“那一定过得很有意思了。以后照片冲洗出来，请让我看看。”

水木心里一惊。他们为了进行“特训”，几乎每天把自己关在旅馆里，根本没拍一张照片。想不到在这里遇到了麻烦。这时，多津子也稍露出担心的神色。

“我们很忙，没有照相。”

“瞧你们那个热乎劲儿，我这老太太就不好请你们谈这趟旅行的经过了！”

阿松好像并没有产生什么怀疑，像平时一样走出了屋子。

“喂，说到照片，你们结婚宴会的照片已经冲洗出来了。”

总一郎从柜橱的抽屉里拿出一包照片。

“你们拿回去，好好看吧。”

总一郎这样一说，两人终于松了一口气.

那天晚上，一对新人是在亲戚朋友盛情簇拥下让摄影师照的，照片数量相当多，如果在总一郎面前一张一张地看这些照片，势必延长待在这里的时间，而增加危险性。虽然总一郎神志不清，但有阿松这样讨厌的佣人，所以还是早些离开这块是非之地为好。

“明天你初次和公司职员见面。我很长时间没去公司了，明天也去。你们早一点儿回去休息吧。”

总一郎这样说完，两个人站了起来。

走出总一郎宅邸，他们紧张的情绪才平息下来，但疲劳却涌了上来，真想坐下歇口气。

“看来，首战告捷，过了第一关。”

多津子松了一口气似的说道。

“没有被阿松怀疑吧，那个老太婆真让人讨厌。”

“只怪我们当时粗心，没拍几张照片。一郎对摄影不感兴趣，可是新婚旅行，又带着相机，竟一张照片也没拍，不能不令人生疑啊。”

“好在还没过几天，我们最近再去伊豆，补照几张，也还来得及。”

“但是，搞不好，弄巧成拙，会使我们失败在照片上。”

“只要选择合适的天气、场所，照它几张就行了。照片是为了说明我们旅行时照了相，是防备万一的时候用的，没有必要拿出来让人家看，所以你不必担心。”

“不过，因为时过境迁，照出来的照片必有漏洞，叫别人发现了，反而引起怀疑呀。”

“这包在我身上，网盐温泉那一带，我极为熟悉，好像自家庭院似的。再说，相隔才不过几天呀。”

“这么说，越快越好。”

多津子终于放心了。

“我一旦掌握了财川家的实权，马上让阿松那老太婆滚蛋。她竟然用那种态度迎接主人的妻子，她早先就对我充满敌意。”

因受到冷遇而激起的怒火在她心中燃烧。

“早一点儿回去休息吧，今天太累了。”

从财川家出来以后，他们必须走到大街上去雇车。虽然刚才总一郎要用车送他们，但被他们推辞了。尽管这样有可能引起怀疑，但他们不愿在全力应付总一郎以后，还要花心思去警惕开车的司机。

“战斗仅仅是刚刚开始，明天及以后，还要去拜访亲戚和见公司的职员。前者我能够跟在你后面，后者你必须单独奋战了。这虽然危险，但我也无能为力，到时候只能靠你随机应变了。”

多津子说道。

明天初次上班，这对于水木又是一个难关，因为多津子不能跟在身边，自己是否能闯过去，他心里惴惴不安。

“如今，我已无法抽身退步了。”

“这还用说，你想退，我还不让你退呢！记住，这是我人生最大的赌注。”

终于，他们要到了出租汽车。

2

“这是我们的新居吗？”

走进公寓的房间，水木好奇地环视室内。这座位于麹町四丁目的十五层楼是新落成的超高级公寓。他们的房间在最高层，共四间房。看来设计者在设计时，是费了一番心血的。这套房子备有能够使住户生活舒适方便的全套现代化设备。虽然位于市中心，但只要把窗户一关，就能挡住受了污染的空气和一切嘈杂的声音，成为一个清静的空间，一个不惜重金，用人工创造出来的空间啊。夜晚，拉开窗帘，此时已看不见白日都市中的某些丑态，呈现在眼底的是光耀夺目，辉映着灿烂光彩的世界。

“这么高级的房子，是花多少钱买的？”

“财川财阀的继承人对花多少钱的事是不应介意的。你要住更大更好的房子。在我的要求下，一郎向他父亲提出，我们新婚以后第一年，和他们家分开住。因此，总一郎很勉强地给我们买下这套临时的房子。”

“就是说，我们还要换到成城的宅邸里去住了？”

“待总一郎归天以后，我要把那所旧式的老房子卖掉，盖一所现代化的住宅。届时，还要淘汰这所房子。”

多津子眉飞色舞，沉浸在自己美妙的设想中。

“我可能也在这个女人淘汰之列，她只不过把我当作帮助她夺取财川总一郎亿万财产的工具罢了。可是，我绝不能让她淘汰掉。”水木心里说道。

要是多津子取得财川家的户籍，和一郎在法律上成了正式的夫妇的话……

一种联想在水木脑海中闪过，他不禁吓了一跳。对于多津子，我不过是她通往财川家的一座桥梁罢了。

和她一旦成了正式的夫妇，她就是财川总一郎家巨富的唯一继承人的妻子。他们之间只要没有孩子，她就是水木的继承人。在这种情况下，水木就成了多津子夺取财川家产的唯一障碍。这位企图独吞财川家产的可怕的女人，势必要清除水木这个障碍。

只要搬开水木这个障碍，她就可以成为财川集团的女主人。

同样，对于水木来说，多津子是唯一一个知道他是冒牌货的人。只要她在，水木就永远也成不了真正的财川一郎。当然，从目前来说，木水离不开多津子，没有多津子，他无法扮演财川一郎这个角色。他们的计划是极其脆弱的，自己一旦被检查血液，替身人的画皮就会被剥下来。因而，为了决不让敌人产生任何细小的疑心，要做到这一点，不可不借助于多津子的帮助和支持。

但是，从多津子那里得到能得到的一切以后，不需要她也能将一郎这个角色扮演下去的话，她反而成为自己变成真正的财川一郎的障碍了。

虽然所有的夫妇关系都是一种契约关系，可他们的利益始终是一致的。但是，显而易见，自己和多津子到了将来的某一时候，双方的利益就变得相反了。和她的关系只能维持到那个时候。而且，不知道谁先到达那个时候呢。

对于先到达者来说，契约另一方的存在成了自己的障碍，那可该怎么办呢？然而，另一方却还需要先到达者一方。这样一来，一方想抛弃另一方，另一方却要缠住这一方。

“这实在是可怕的‘夫妇’关系呀。”

水木意识到自己最大的敌人不是别人，而是自己的伙伴多津子。多津子是不是也意识到这一点，和自己订了这个协约呢？要是这样的话，那她太可怕了。

“喂，你想什么呢？明天是关键的时刻，你现在不要胡思乱想了。”多津子边换衣服，边看着水木，“我明白你现在正在想什么。”

她的眼睛里闪出一股能看透对方的冷冷的光束。

“我没想什么。”

水木慌忙答道。

“这样就好了，你我好像火柴和发火剂，只有在一起，才能把事业搞成功。我们要早日成为真正的夫妇，我不是想和一郎的替身结婚，而是真想和你结婚，比起一郎来，你各方面都非常好。”

此刻，多津子的眼睛又变得含情脉脉，直望着水木。双方都把对方作为处理欲望的媒质，从这种意义上来说，现在的确是谁也离不开谁了。

3

财川公司总部以及财川公司的附属公司设在近年来作为第二个市中心而蓬勃发展起来的新宿西口的一个高九十米，有二十五层的六角形摩天大楼上。大楼的几何形外观在光线不同角度映照下，流光溢彩、耀人眼目，令人感到它巍峨壮大，如同一座城堡屹立在都市中心。它象征财川财团雄厚的财力和强大的势力。

财川公司总部办公地点设在这幢楼的二十层到二十四层。最上一层是公司负责人的食堂和接待贵宾的特别会客室。

上午八时五十分，水木乘公司派来的车，初次上班了。当他站在财川大楼门前时，两只脚不由地发颤了。此时此刻，多津子不在身旁，那就是说，一切全靠自己的判断和表演了。

的确，这是一个令人生畏的城堡。此刻正是上班时间，那些衣着整齐，表情一致的男女们像无数小鱼一般，以同样的速度和密度，从车站方向往这边涌来了。之后，又像被什么吸进去似的，流进了这座大楼。

面对这宏伟的建筑物和人流，水木内心产生了一种自卑感。他是初次踏进这样高级的场所的，虽然在横滨当强盗时和流落到伊豆以后作恶多端，但那时还是像偷吃残羹剩饭的沟鼠似的过日子，住在人间最为龌龊的角落里。

角落弥漫着恶臭，而眼前即将踏进去的却是巍峨豪华的钢筋水泥建筑物，它在阳光下闪烁着一种特殊的光芒，令他眼花缭乱。以前，他的周围是那些装腔作势、满嘴江湖义气的同伙，而在面前的却是西装革履、表情严肃的公司职员。后者眼睛里闪烁着冷漠的光，的确给水木以一种无形的压力。

刚才他从家里出来时，多津子鼓励他说：

“你不用怕，虽然你是初次上班，但公司职员也是第一次见到你。他们都是你父亲的雇员，你要装主子的样子，训家来（注封建时代的家臣）一样讲话好了。”

可是，此刻，站在这超高层的钢铁城堡前，她的鼓励不起作用了。他只觉得自己宛如一只可怜的小虫，误飞入了一所完善的医院，感到晕头转向不知所措，感到恐怖。

他被迎面而来的对方强大的一切压倒了。他又一次意识到自己的冒险是多少可笑——只要被检查血液，一切马上就成为泡影了。

“常务董事，您好，我已经在这儿恭候多时了。”

司机给他开了门。他下车以后，胆怯地站在那里时，一个身穿西服，二十一二岁的妙龄女子走到她面前，微笑地低头向他问候。她有明亮的双眸，好看的富士额上覆盖着秀美的“刘海”，给人以聪明和富有智慧的印象；那樱桃小口，嫣然一笑时，露出一排整齐洁白的牙齿。

当然，是一个不认识的女子。他一时也不知如何回答好，只是默默地看着对方。

“我叫神川美佐子，从今天开始担任常务董事的秘书。”

“是我的秘书?”

水木又望着神川美佐子。神川美佐子又笑着说：

“我是在一个星期以前接到人事科调令，分配我担任您的秘书的。我是一个笨拙的人。请您多加关照!”

“不，我要请你关照呀！我什么都不懂，只是靠着父亲当上挂名的常务董事的。”

水木慌慌张张向美佐子低下了头。

“哎呀，常务董事，您对秘书可不能这样客气呀。我们进去吧，早会马上就要开始。”

“早会上要我讲话吗?”

“所谓早会，实际上是部长以上干部的一次聚会。在会上，总经理作简单训话后，常务董事也简单扼要地讲几句话就可以了。”

美佐子若无其事地说道。

“那么请问，部长以上的干部有多少人?”

“五十人左右。今天是见面会，您不必长篇大论地讲。另外，常务董事，对秘书和职员，可不用这样客套呀。”

“我会慢慢习惯的，你可不必介意。他们每天都要开早会吗？”

“总经理健康的时候，每天早上都有。而现在代理总经理每星期只有在需要时开一两次而已。”

水木心想，她所说的代理总经理大概是副总经理财川聪次吧。

“那么，他们今天是特地为我而开这个早会了。”

水木说着，随美佐子从正门走进铺着明镜般大理石的大厅。这里宛如一流豪华饭店的休息厅，天花板和墙壁上的装饰品可谓金碧辉煌，一切好像都是从四面八方来监视着这大厅里的人似的，的确令人感到不安。

“我对常务董事说这话可能失礼了。我从心里不喜欢这个大厅，总觉得四周有人瞪着自己似的。”

听了这话，水木才觉得，自己的畏惧感未必是因为初次踏进这块不习惯的场所的缘故。这个集现代建筑精粹的豪华空间的设计者，当初大概并未考虑人们对此设计习惯不习惯的问题吧。

美佐子的话多少使水木的紧张心情平静下来一些。他俩从大厅走过时，不知为什么上班的职员们都和他俩保持一定的距离，敬而远之，他们大概已经知道水木是何等身份了。

这并不是因为人们看出了他和财川总一郎相像的外貌，而是人们出于公司雇员的本能，敏感地意识到这位年轻人即将成为掌握他们命运的人物的缘故。

过去，当他是流氓暴力集团成员时，人们把他当作社会的渣滓，谁都投以轻蔑和恐怖的目光。而现在，人们却用一种羡慕、嫉妒、敬畏的眼光望着他。

过去，人们像躲避瘟神似地躲开他，而现在是敬畏他。总一郎的威势，像无形的屏障把他和周围的人们隔离开来，使他成为这块天地之间的一位杰出的人物了。

水木的心情变得得意起来。刚才的自卑感顿然消失。随之，他的风姿也变得从容不迫了。他想：我从微不足道的人一跃而成为大家瞩目的人物，从一条小虫变成庞然大物，这难道不是我冒险的价值所在吗？难道这不是人生值得奋斗的目标吗？

他心里平静下来以后，自信也油然而生。

穿过大厅来到电梯前，刚好其中一个电梯的门开着，里面一个人也没有。他俩走了进去，这时，后面又有两三个人跟了进来，可是，跟进来的人们一看到水木和美佐子，便又诚惶诚恐地退了出去。

正是上班时间。后面，大批的职员都涌到几个电梯前了，不知为什么，却没有人进到水木他们所乘的电梯里来。

美佐子站在按钮前稍等了一会儿，可是仍然没有人进来，她就按了“闭”的开关。

电梯开动了。可乘四十多人的大型电梯室，这时被他们俩人独占了。美佐子环视一下四周空荡荡的宽阔的电梯室，她笑道：

“像现在上班高峰的时候，两个人占一个电梯室，这还是头一次呢。”

“他们为什么不进来呢？”

水木明知故问，证明自己的优越。

“这是因为大家都对常务董事客气呗。在他们眼里，您是很值得畏惧的。”

“为什么？他们大概还不认识我吧？”

“他们早就知道了。财川公司是有名的同家族公司，谁要得罪了财川家族的人，在这公司里，可吃不消呀。我也觉得您这个董事先生怪可怕的。”

美佐子故意一本正经地说着。可是她脸上却毫无惧色。她好像津津有味地回味刚才职员们诚惶诚恐的反应，眼睛里流露出要搞点儿什么别出心裁的恶作剧似的谜一般的微笑，这是一种和多津子要要弄什么诡计的媚笑性质不同的笑。

电梯直接到达二十四层。此刻，干部专用特别会议室里，正举行早会。

电梯停住，门开了。水木踏进了又一个未知的危险区域。

4

电梯门前站着几个人。他们一见到水木，马上一齐躬身。

“我是总务部长大桥。”

其中一个四十岁左右身材魁梧的人笑容可掬地自我介绍说。随即另外几个人也介绍自己是什么秘书部长呀、对外部长呀，水木一时记不住。

“总经理、代理总经理、董事已等候多时了，请到这边。”

大桥又稍躬腰在前边引导，显得十分和蔼可亲。之后，又有四五个人出来迎接，都跟在他们后面。

这一层是财川集团的所谓核心地带，公司主要负责人办公室、特别会议室、重要资料室都集中在这儿。宽阔的走廊里铺着足能吸收全部脚步声的厚厚的暗灰色地毯。两旁，各房间的门上挂着标有职称的金属牌，给踏进这里的一般人以无言的威压感。

所有的门都如贝壳似地紧闭着，听不到里面有什么动静。

出来迎接水木的人们，好像只是因为出席今天的早会，才被允许踏进这地方似的，个个紧缩着身体。

一直伸向前面的这厚厚的地毯，使整个走廊显得更加森严静穆。他们走到一个房间前时，美佐子向水木使了个眼色示意，表示这是他的办公室。和别的房间一样，此时，这个办公室的门也紧闭着。

“自己和美佐子将要被禁闭在这个房间里了。”

水木胡思乱想，这说明他的心还有余暇。到了另外一个房间门口时，总务部长站住了，这个门上没有写什么文字，只是在把手上挂着一个木牌，木牌上面写着“会议中不得无故进入本室”几个字。

这大概就是特别会议室吧。大桥轻轻地敲了敲门，里面好像等待着似的，马上开了门。

“请。”

水木走进房间。这是一间风格完全和走廊不一样的宽敞的房间。地板上铺着薄薄的天蓝色地毯，会议桌刁字形排列着。

已经有五十几个人坐在里面了。见水木进来，他们一齐把目光投向这边。这是一种观察将来掌握他们命运的人物的探索的目光，是一种虽然饱含恭敬，但又丝毫不怀善意的目光。

对于这个一下子就高踞于自己头上的新人，他们的目光交织着羡慕和嫉妒。水木感到这聚集着几十个人的会议室比空荡荡的走廊更令他感到浑身冷飕飕的。这不是因为空调冷气的效果，而是由于他们对他冷漠的抵制态度的缘故。

“你来了，到这里来。”

从房间最深处传来一个温暖亲切的声音，是总一郎。

他有很长时间没到公司了，今天是为了向职员们介绍儿子（水木），才出席了这个早会。在水木看来，总一郎现在居然成为他唯一的伙伴了。

虽然水木估计总一郎多半能参加这个早会，但又想到他正病魔缠身，也有可能不到场，他曾悲壮地思考道：要是那样，就必须自己单枪匹马地闯过这个难关。

水木的两旁坐着总一郎和聪次。聪次的旁边是谷口敏胜。水木初次见到叔叔和姑父，聪次面容和总一郎相似，但身材比他哥哥高大，人显得敦厚。

根据多津子的介绍，水木得到的基本知识是，在经营方面，总一郎是属于攻击型人物，办事干脆果断。相反，聪次是稳健型人物，办事小心翼翼，三思而后行。虽然有些职员背后对他说三道四的，可是，他是总一郎的第一个得力助手。

据说财川集团之所以能如此顺利发展壮大，是和他这位弟弟的辅佐分不开的。总一郎性格倔强，易动感情，富有人情味。比起他，聪次不轻易流露感情，令人感到他神秘莫测。

一直在哥哥的集团“统帅”总一郎的背后默默地办着事的聪次，恐怕有其挫折和难言的苦衷吧，可是，现在总一郎退居到第二线以后，他有机会坐到第一把交椅上。

姑父谷口敏胜，是财川集团创业伊始给予关照协力帮助的一家企业主的儿子。谷口相貌堂堂，堪称美男子。可是他表情单调，目光冰冷。总一郎除了出于加强和资助人关系的经济策略的需要之外，还因为谷口是一个头脑敏捷、富有才能的人，因此，就把妹妹惠子嫁给了他。

的确，谷口精于统计，擅长经营。他把很多优秀人才罗致到财川集团里来，并且使财川集团能够安然度过由于朝鲜特种军需品的减少而导致的许多企业缩小、倒闭、破产的非常时期。

可是，据说他又是利欲熏心的人。总一郎退居第二线以后，他终于从财川集团的第三把交椅跃升到第二把交椅上了。

尽管如此，现在，以财川聪次为代理总经理的公司领导班子是过渡时期的“内阁”。他们早晚要把“政权”归还一郎的替身水木。在他们看来，财川“王国”是他们辅佐总一郎一手打下来的，而现在，这个从小娇生惯养、毫无经营才能的纨绔子弟一郎却凭借他父亲的关系，将要从他们手里接过全部权力而高踞于他们头上。因而，理所当然，他们对水木绝不可能抱有好感。

可是，对于水木来说，只要能继承总一郎的财产就心满意足了，而对于总经理和董事的职务毫无兴趣。遗憾的是他不能把这一切告诉给他们。

今天，水木和他们虽然是初次见面，但是他要硬装出原来认识的样子。当然，这样的表演是相当困难的。

聪次和谷口见到水木时，表面上显得和蔼可亲，而实际上，他们的内心却泡在冰水里，和水木格格不入，绝难融洽。

水木准备从容应战。他摆出总一郎的独生子——财川“王国”的“王子”的架势，毫无表情地向大家点点头，之后，傲慢地坐到位子上。他照着多津子所说的“要仔细观察他们的反应”的话，若无其事地看看他们之间流动着的神色。

如果谁是杀害一郎的凶手，那么，见到水木就一定会流露出惊讶的神情。因为，一郎即使侥幸未死，也一定负了重伤，绝不能如此安然无恙地出现在这里。因此，凶手肯定能判断出水木是一郎的替身。

可是，如果想当场揭露水木的真相，就必须拿出真凭实据来。否则就等于暴露自己是凶手了。

可是，此刻从他们不是发自内心的而是表面和蔼可亲的神色中，无论如何不会使人感觉出什么惊慌和怀疑来。是不是他们已经觉察到水木作为一郎去问候总一郎而预先有了心理准备，此刻，也许他们明明知道水木冒充一郎，而表面上故意不动声色呢。或者这里本来就没有凶手。

水木一就座，总一郎就对干部们说：

“诸位，这就是一郎。我暂时让他担任非专职董事，让他学习学习。请多多关照。”

现在轮到水木发言了，他站了起来，心里算计着如何使自己的讲话既像出自一个亿万富翁之子之口，流露出玩世不恭的神态，但又不使职员们失望。这种表演也真是难乎其难。

5

“父亲让我到公司任职，可是我生性懒惰，难以胜任哟!”他说着，扫了在座的人们一眼，“由于我不能每天上班，让我担任非常任常务董事，这还是令我高兴的。”

在座的人们发出了笑声。这笑既非嘲笑，又非苦笑，而的确是一种自然的笑。聪次和谷口微笑，明显地流露出放心的样子，而总一郎也没有发怒。一种令水木紧张的气氛顿时缓和下来了。

“但是，我既然从公司里领到一份工薪，那就要干出一份工薪的工作。请诸位给予协作，以使我自己能够完成自己的职责。”

水木说完坐了下来。人们没有鼓掌，但表现出满意的神情。尽到一份工薪责任的话，给在座的人一种现代派的印象。并且，有关股份公司有限责任的话，暗示着他将来从总一郎手里将接受大量的股份。

从他有分寸的说话中，人们可以听出，尽管他是一个不负责任的年轻人，但又是一个具有魄力的继承人。总一郎对他的发言相当满意。不过，这位患恍惚症的老人，大概已经无法理解任何话语的意义了。聪次和谷口看不出有什么疑心。

接着，聪次发表了简单的谈话之后，早会即告结束。水木顺利地通过和干部见面的早会这一关。早会散后，他又在大桥的指引下巡视公司各部，然后回到董事办公室。

美佐子已经给他冲了一杯香喷喷的咖啡等着他了。在完成一件大事以后，在轻松的气氛中喝着咖啡，美佐子说：

“刚才，有您的一个电话。”

“电话？谁打来的？”

水木想不出来谁会给他打电话。不会是多津子，因为她未弄清董事办公室是否有直通电话之前，为了避免被窃听，她是不会打电话的。

“是一个男人的声音，好像是从近处打来的。我问他名字，他说，要直接和常务董事讲话，就把电话切断了。”

“是男人的声音？你能听得出来是谁吗？”

“我也是初次听到那声音。我问了交换台，说电话是从外线打进来的。听起来，他的声音很造作，不过，没有留下什么特征。既然他说要和您直接谈话，那么，估计马上还会打来的。”

一种不祥的预感在水木脑海中闪过，第一天上班就遇到身份不明的人给他打来电话，那么打电话者一定知道他今天到办公室里来上班。说是从外线打来，那好像是公司外部的人，或者是职员利用公司内部的公用电话打的。

他感到打电话者一定怀有什么不可告人的目的。

“可能是一郎的朋友吧？”

他这样想道。可是据多津子说，一郎回国，没有什么新认识的朋友，即使是昔日的朋友，也几乎不通音信，没有来往。

当水木强打精神冷静思考时，电话铃又响了。

“一定是刚才的人。”

美佐子赶快拿起话筒。

“是的，这里是董事办公室。”

美佐子回答着，向水木递了个眼色，还是刚才的人。水木表示自己要接时，美佐子对对方说：

“请稍等，董事先生就在办公室。”

水木接过听筒时，传来一种无法判断其年龄的稍混浊的声音：

“是财川一郎先生吗？”

“是的。您是……”

对方没有直接回答他是谁，而是以怀疑的语调说：

“您真的是一郎先生吗？”

“您问得很奇怪，我就是财川一郎，您究竟是谁？”

水木抑制住胸中急剧膨胀开来的不安，说道。

“您别问我是谁，反正你不可能是财川一郎！”

“你……你是……”

水木差一点喊出来“你就是杀死一郎的凶手”，他终于竭力忍住了。因为那样一喊，就等于承认自己是一郎的替身。

“听得出来，你大概大吃一惊了吧？因为你不是一郎！”

看来，已经让对方想象出自己的狼狈相了。不过，这还不算致命的错误。

“不，只是因为你莫名其妙的话，使我也感到莫名其妙罢了。你有何贵干？我很忙。”

“没有别的，只是想核实一下你是不是真的一郎。”

“你要再开玩笑，我就放下电话了。”

水木装作马上就要搁下电话的样子。其实，他竭力想记住对方声音的特征。

虽然延长通话时间，对自己也很危险，但有助于弄清对方的真相。为此，自己尽量少说、不说，而让对方多说。

“那好。你这个‘一郎’正悄悄地干一件天大的事。你是不会轻易地露出自己的真相的，但今后的时间还很多，我会从容不迫地把你‘一郎’的画皮剥下来的。”

对方说完放下电话。水木手握听筒，呆呆地站在那里。几天来，他已经闯过几道关，心情也略微轻松了一些，可是没想到，现在手握决定性武器的敌人登场了，并且是一个自己完全不知道其身份的人。

敌人肯定知道水木是替身。这是因为他本人就是杀人凶手。可是水木这边也有对付他的武器，因为只有水木和多津子才知道他是杀死一郎的凶手。现在，敌人之所以能先发制人，胁迫水木，就在于他一时能隐蔽其身份。

敌人要置水木他们于死地，必须提出确凿的证据。可是，不能公开身份，无法提出要水木检查血液，因此，他必须找出一郎的尸体。对于他来说，一郎的尸体是最有效、最简单的证据，他只要把一郎的尸体悄悄挖出来，放在人能见到的地方，这就够了——水木马上就垮台。

但是，水木在掩埋一郎尸体的过程中，始终注意有无尾随者。当时，他没发现有什么神出鬼没者。从目前情况看，敌人还不知道一郎埋葬在什么地方。要不然，对方在刚才的电话中一定会说出来。

在敌人没有发现一郎尸体以前，水木他们要是能够弄清对方是谁，那水木他们就能十拿九稳地战胜这个对手，保住自己。

“董事先生，您怎么啦？脸色都变了！”

水木好像在远方听到美佐子的声音似的，他一下子从沉思中清醒过来。

“大概，刚才那个人说了什么不愉快的话了吧?”

“不，没什么了不起的事。好像是恶作剧。”

“那个家伙太恶劣了，竟然一再地打电话来。”

美佐子好像自己遇到什么不愉快似的，也愤愤不平说。

第四章　相互畏惧的对手

1

“凶手终于按捺不住了。”

当天，回家以后，水木将接到怪电话的事一五一十地告诉了翘首等待他回家的多津子。可是，多津子的回答却出乎水木所料。

“从今以后，凶手将要要弄种种花招。不过，你放心好了，在短时期内他不敢和你短兵相接。”

“那么，我们得尽快想办法查明凶手的真相。”

“你不必焦急。首先，我们必须弄清对方要杀死一郎的动机。这一点搞清楚了，就能把凶手限制在一定的范围内。比起这个，当务之急是让我马上取得财川家的户籍。”

“这你不用焦急，我还没完全掌握一郎的笔迹。弄不好，笔迹被鉴定出来，那就糟了。”

男女双方登记结婚时，必须提交具有法律效力的有效文件。双方必须在这些表示结婚愿望的文件上亲笔签字，而不得由其他人代签。

但是，接受结婚登记的机关，不可能对所有文件的签字笔迹一一进行鉴定，因而，即便多津子代替一郎（实际是水木）签字，他们的结婚登记也会被接受的。不过，这就给男方造成一种可能，借口是代签，不能代表自己的意志，推翻结婚登记。当然，在他们这种情况下，不存在男方推翻结婚登记的可能性，多津子可以随时去登记。可是她觉得他们既然苦心孤诣地经营到了这地步，最好不给敌人有可乘之机，能圆满顺利地通过结婚登记这一关。

在这种情况下，水木才有借口拖延时间。

“那么，在这一段时间，你要集中练习一郎的笔迹。虽然是不定时上班，但毕竟是董事，签字和书写的机会是很多的。”

其实，对于水木来说，模仿一郎的字体并非是困难事。因为他们的字体本来就很相似。再者，还有一个绝好的条件，即一郎留下笔迹的东西甚少，他在美国的时候，几年也不通信件，不与父亲联系。因而，人们还不熟悉其字体。在这种情况下，稍加练习一段时间之后，水木已经掌握了令人难以分辨的签字了。

看来，花花公子一郎是一个性格还没有定型的人。这可以从其字体表现出来。性格定型的人，其字体有其固定的特征，而一郎的字体，显现不出一种固定性来，常常因时因地而异，有时判若两人。

这种没有特征的字体，极难鉴定。没有规律变化的字体，使人难以判断其字迹是否出于一个人之手。因而，这也给水木的“伪笔”以可乘之机。

但是，水木绝不将以上这些告诉多津子。只要能变成真正的一郎，毫无必要和这个可怕的女人结婚。

当然，他那不想结婚的想法，没有逃过多津子那双狡诈的眼睛。为此，她不断地催促水木进行结婚登记。

在她没有加入财川家户籍时，水木手上握有制服她的王牌。而对于多津子来说，虽然想早一天登记，但又怕水木的签字还没有过关。结婚登记文件是一种极其重要的证据文件，她不能冒这个大风险。

关于暂不急于办理登记手续的事，多津子勉强地同意了。

“我一直担心阿松所说的要看照片的事。如果聪次、谷口也提出同样的要求，而我们却连一张也拿不出来，就会引起他们的怀疑。”

“可是，凶手正暗中注视着我们。我们稍有动静，他就会耍什么花招。”

“这也是不得已的事。办法是，我们不同时从家里出去，在途中会合以后，一起去伊豆。到那里摄几张就够了。倘若再拖一段时间去照，那么就容易被人识破。”

“那什么时候能去?”

“必须赶在拜访他们之前照出来。明天，我刚好可以不必上班，那就明天去吧。”

“好的。”

两人就这样决定下来了。

翌日清早，他们分别走出公寓，转换几次车之后，到达品川。在约定的品川车站前碰头之后，一起乘车去伊豆。他们的出走可谓慎之又慎，即便有人尾随，也会被他们甩掉。

如果景物与一郎、多津子旅行时稍有变化，就不能照出保险的照片。因而，即便此行容易遇到熟人，他们也来到网盐温泉镇。因为是旧地重游，水木容易判断其景物是否发生过什么细小的变化，他们在镇周围的风景区很快摄下几个镜头，虽然未必需要合影，但也用三脚架照了几张。好在，当天天气和旅行时相差无几，水木除了摄影时外，用帽子和墨镜把自己乔装打扮起来，很侥幸，当天没遇到什么熟人。

周围尽是度蜜月而来的新婚夫妇和观光团体。他们也专心于自己的摄影留念。他们有他们的幸福和乐趣，都没留意水木他们二人。

当天，他们就回到了东京，完成了一项危险的作业。到家之后，两个人猛烈地抱在一起。

在做爱时，多津子第一次同意水木以过去一郎所不采用的姿势，岂但如此，她还表现出了强烈的主动性来……

他们为了实现一种罪恶的计划，精神总处于紧张状态。而同床共欢则是他们瞬间喘息之机。在这样的时候，他们忘记了什么计划，确实从紧张中解放出来了。

女人的身体，对于男人来说是一本充满谜的书。为了解开这个谜，男人贪婪地一页一页地读下去。阅读，这是需要时间的，但男人急不可待地想把它翻完。不过，现在水木所读的这本书，已经被别的男人读过了，他从女人的身体里，感觉到别的男人的气息。

原以为自己是第一个阅读者，没想到被谁抢先阅读了。这时，他感到了极大的遗憾。但是他突然发现，这本被别人阅读过的书，居然还没有阅读完，因而他产生了自己可以作为另一个先驱者的身份去阅读还没有被阅读的新鲜部分而感到惬意。

可是，水木为自己如此沉溺在和多津子的情爱中内心却又感到可怕。这是自己务必要将之抛弃的女人，她不过是自己一个绝妙的道具，这一点无可置疑。他警诫自己，切勿迷恋上她。

2

他们的亲戚不过是聪次和谷口夫妇。水木已经顺利地见过聪次和谷口了。只有谷口之妻惠子，还没有见过面。她是总一郎的妹妹，一郎的姑姑。

女人总要比男人敏感。去问候惠子时，水木、多津子的内心感到格外紧张。可是，见面之后，惠子给他们的印象却像个心地善良的有闲太太。她毫不怀疑地招待水木他们俩。

惠子津津有味地观看两个人带去所谓"新婚旅行"的照片，并愉快地评论一番。看到这些，两个人觉得她的好脾气对于他们是一大有利之处。

虽然，无论如何不能对这个女人掉以轻心，但是，令他们松一口气的是，这个原被他们认为是最危险的女人，也并不那么可怕。

之后，水木又顺利地度过了一段时间。其间，他集中全部精力为掌握一郎的所有素质进行了模仿训练。幸好，公司没有给他特定的工作，他只要每星期到公司去两三次，在办公室坐上几个钟头就行了。这也是总一郎的意旨。老头子想让他习惯公司的环境，好让职员们认识未来的总经理。

尤其难得的是，聪次和谷口并不希望水木掌握实权，因而也不分配给他特定的业务，只把他当成装饰品摆在那里。这正中水木下怀。他看不懂复杂的业务文件和罗列数字的账本。

他没有非掌握经营实权不可的野心。在他看来，比起当一个实权者来，当一个傀儡倒不容易被人识破真面目。

水木的这种态度，好像更令聪次和谷口放心。在公司的时候，神川美佐子教他有关常务董事的业务常识，回家的时候，则全力进行训练。

他每天忙得不亦乐乎。他所顶替的财川一郎虽则是个纨绔子弟，学无恒心，不求甚解，但毕竟从小被迫接受多方面的教育，耳濡目染的东西甚多。因此，对于水木来说，他也必须掌握多方面的至少是一知半解的或表面的知识。

他最近觉得上公司是件乐事。在紧闭的董事办公室里，他和美佐子处得相当融洽，关系越来越亲近。美佐子具有一种多津子所没有的纯洁的魅力。她大概还是个处女吧？虽然，女人的身体，在没有对她“摆弄”之前下这样的结论为时过早。但是，美佐子身上的确洋溢着一种新鲜的馥郁的气息，宛如没有耕耘的土地散发出特有的土壤的气息一样。

“我一定要开发她。”

一种新的欲望又在他心中产生。但是，不知道美佐子是否已经意识到这一点，也不知她是否已经信赖于他。反正，她总是显得那么天真烂漫，她有时回答水木的问题时，靠他很近，几乎达到耳鬓厮磨的程度。美佐子那种诱人的肉体的气味，有时几乎使他难于克制了。但是，一种理性，不，不如说是一种自身防卫的本能，像制动器似的抑制了他那刹那间爆出火花似的危险的冲动。

“现在时机不成熟，千万不可性急。”

董事袭击女秘书发生骚乱，那后果将不堪设想。

“常务，您怎么啦？脸色变得这么难看！”

美佐子斜着头，不可思议地望着水木。表情显得那么可爱。她没意识到自己异常自然的神态具有一种奇特的魅力，更令水木心神不定。

对于他来说，这种魅力比起那种有意识的挑逗，更起作用，更残酷。

七月份，各公司的账目已经结清，财川集团即将召开股东会议。这种会议每年要召开两次，临近会期，一群被称为“总会屋”的小股份主将接踵而来。

财川商事是一个家族公司。财川一族拥有一半以上的股份，但也有不到一百人的小股东。

财川总一郎为了圆满通过股东会议，把这些人作为自己的亲兵，采取一种怀柔政策，让他们每年来领两次津贴费，因此，没有人敢抓公司经营的辫子来敲竹杠。

可能因为这种原因，股东会往往开得极为顺利，总是总一郎发完言，大家举手，以“没有异议”“同意”而通过。以至被人说成是“三分钟会议”。

可是，总一郎实际退职以后，过去慑于他的权威而表面老实的这些小股东们，出现了不稳定的动向。

财川商事的小股东们分为A级到D级四级，按等级，他们分别可以领到几万元到三千元数目不等的津贴费。但现在他们一致要求提高这种津贴费。

原来在股东会上大唱赞歌、拍手叫好的这些家伙，现在为了找便宜，却千方百计寻找公司的纰漏。

巨大的财川商事是总一郎独裁的公司。上述的小股东一旦认真起来，就能查出公司所不想公开的许多问题。

此外，这时有些新股东也加进来凑热闹。他们大都是各暴力集团成员，为了弄到一些钱，持一些散股到公司的总务部里或股东会议上起哄来了。

这些人，即便只拥有一股，也有资格出席所谓股东会议，并且可以在会上发言。他们常常提出“作为股东，想了解公司经营情况”的要求。倘若拒绝他们的要求，他们会装作正言厉色地质问“公司以什么态度对待股东”云云。公司虽然恨透了这些醉翁之意在于钱的家伙，但为了不把事情闹大，也以什么“赞助金”或“捐款”的名义，给他们金钱而息事宁人。

于是，在七月下旬——即将召开股东大会之前，他们就蜂拥到公司的总务部来了。

“总会屋”的负责人是总务部长大桥。自从财川商事的股票在一部市场（即专门交易一流企业股票的市场）上场，出现“总会屋”以来，他就担任这个职务。

在长期的和这些人打交道过程中，他已经积累了丰富的经验。他能在会客室和他们见面的同时，就精确地判断其津贴费的金额。

他的桌子上堆满了装有三千元、五千元、一万元、三万元等数目不同的津贴费钱袋。

股东的势力常常发生强弱变化，其津贴也相应随之变化。大桥在短时间内综合分析所收集的情报，发给他们相应的钱袋。

这一天，大桥从清早就坐在会客室里发放钱袋。过去领完钱以后就恭恭敬敬地退出办公室的股东，今天为了能够多得到一些钱，于是寻找种种借口，一直和他纠缠。这就大大影响了工作效率。大桥对他们尽量采取克制和友好的态度。因为这次股东会议要进行两年一度的董事选举。而总一郎，未经股东会允许就独自决定水木担任常务董事了。诚然，由于财川家族掌握过半数的股份，通过同族决定和稳定董事的地位，根本不成什么问题。但也必须在这之前采取稳妥态度，以免产生不必要的麻烦。

大桥为了接待他们，甚至顾不得吃午饭。这时，好像是第十几个人进来了，来者是一个陌生人。

“是谁的代理人吧。”

大桥猜测道。A级的总会屋中，有人不出面，先靠出动部下，能够坐享几百万“津贴费”。

他约莫二十二三岁，眼角细长的眼睛里闪烁着冰冷的光，脸颊病态似的消瘦，一看就知道是一个处境狼狈的人。

大概是哪一个暴力集团的成员吧。

“我现在成了你们公司的股份主了。所以想知道公司的经营情况，顺便浏览一下会计的账本和其他有关文件。”

来者慢声慢语地开口道。大桥心中有数地领会到此人来意不善。这个流氓痞子，不知从什么地方拿来散股，问到一点儿商法知识，到这儿讨零花钱来了。

“那就请您到总务科去吧。只要是营业时间，随时可以翻阅。”

大桥的判断是无须给他钱，一旦给了，他以后会不断地跑上门来要的。

“那么，把我的每个股份分割为十个股。”

对方被大桥冷冷地顶回去以后，又想变换手法找岔子。其实，他这新的一招也不高明，大桥不禁冷笑一声，想扔给他一个三千元的钱袋，撵走他算了，但又想戏弄他一下。

“可是公司刚刚封闭了股东名册，在本月二十九日的股东会议结束之前，无法分割股份、改变名字。”

果然，这家伙显出不知大桥所云的茫然神情。他带来“一万株”股票，第一市场的股票为千株。在普通情况下，每单位股份拥有主应是一个人，但这家伙要求将他所带的股份分割成一百份。

这样一来，要交付新股票的印刷费，和新股东进行联系、汇报、分红，增加了不少繁杂的事务性工作和费用。

但是，按照商法条例规定，一般情况下，在结算的第二天至股东会结束不超过两个月的期间内，可以封闭股东名册，停止办理股份分割手续。

眼下，正是财川商事的这种时候。可是这家伙还不知道，凭着道听途说的一知半解的知识和一点儿股份，到这儿讨零花钱来了。

恐怕他的哪一个同伙告诉他，到那里如何威吓一下，就可以得到一两万元钱。于是，不知从什么地方借到股份券来了。据说有专门借给这些临时股东股份的所谓“股份租赁店”。

大桥看得出来，他并不想分割，因为他的股份是借来的，不能分割，并且也不是什么了不起的人物指使他来的，否则，他不会要出这种不高明的手段。

“下一个，请进来！”

大桥故意大声叫道。这个小流氓毫无办法，不过他还是知道，这样无理纠缠下去，说不定会被当成恐吓罪犯的。他狠狠地瞪了大桥一眼，好像说“我已经记住了你”似的，走出了会客室。

就在这时，水木从会客室前的走廊走过。小流氓无意小看到后面跟着的神川美佐子，好像在自己家里似的神色悠然地望着水木的侧脸。

“喂，您不是水木兄吗?”

他喊道。水木在这样的场所，突然被人叫到旧名，心里不禁愣了一下。但是，所以他神色不变，是因为他进行过如何控制感情的“特训”，尤其对有关他名字的极为严格的特训。

“水木兄，你在这里究竟干什么？瞧，衣冠楚楚，还带着个美人呢。好长时间没有见到你了，想不到你钻进这所大楼里来了。”

这个小流氓，原是水木在横滨当亡命之徒时的“兄弟”，姓柴崎。他虽然干不了什么大坏事，但也还是一个鼠窃狗偷之辈，犯过几次诈骗罪和恐吓罪。

在危险的场所，被这种人撞见，必须完全装作素不相识的样子。

“谁呀？您大概认错人了吧？我不认识您！”水木转向柴崎说。

在这样的时候，置之不理，装聋作哑，反而令人引起更大的怀疑。

“水木兄，你装什么蒜？好久不见，就不认自己的弟兄了。”

柴崎肆无忌惮地不断地用眼睛瞥着美佐子，叫道。看来，这回他不轻易撒手。

“你认错人了。彼此素昧平生，我还不知道你叫什么呢，我有急事，失礼了。”

水木从容地说完，头也不回地往前走。

“等一等，等一等，难道自己的日子好过了，就不理过去的伙伴了吗？”

柴崎追了上来。他凭着无赖的嗅觉，敏感地嗅出水木身上有油水可捞。

“喂，你别拦阻我，走开！”

“兄弟。”

柴崎的脸上，一时浮现出茫然的神色。水木的坚决态度大概也使他怀疑自己或许果真认错人了。

“再不走开，我就叫守卫来了。”

“这是对自己同伴应该说的话吗？”

“躲开！”

这时已经有几个从旁边经过的职员往这边看了。这是多么危险的事！人越多，危险性越大。

这时，电梯刚好下来。水木和美佐子马上走了进去。里面没有别人，柴崎想追进电梯，可是美佐子一下子关上门，把他阻止在门外。

“想不到被这个像有神经病似的人缠住了。”

在电梯室里，水木叹了一口气道。

“常务，他是谁呀？您真不认识他吗？”

甚至美佐子也有点儿怀疑了。

“我怎么会认识这样的强盗！”

水木故意愤慨地说。

“怎么，您一眼就看出他是强盗了？”

美佐子一说，水木为自己的失言心里愣了一下。

“谁都看得出来他是强盗，语言粗鲁，衣着不整，一副吊儿郎当的样子。”

“您这样说，也有道理。”

“总之，是一件令人不愉快的事。”

水木说完，好像不愿再谈这令人不愉快的事似的，闭住了嘴。

柴崎是一个十分顽固的家伙。水木知道，他不会就此罢休，会马上去调查的。一旦知道水木变成财川一郎，拥有他怎么也想象不出来的巨大财产时，一定会瞠目结舌，随时又会马上来找水木。

水木极为担心的是柴崎会将自己的事告诉给暴力集团的头头。当然，从他的性格看，他可能不会这样干。

他是一个贪婪、狡猾的家伙。水木后来了解到，他这次不知从什么地方借了一点股份券，来讨零钱花。这正是他能干出来的事。

对于水木来说，他决不愿意将自己好不容易到手的东西分给昔日的同伙。即便愿意，那些暴力集团的凶残贪婪的头头，会得寸进尺，甚至连水木自己的一份也要被夺走。

柴崎大概是单独行动，对水木进行恐吓提出某种要求的吧。

柴崎太了解水木了。水木具有无论如何也瞒不过柴崎的特征。水木没想到又出现了一个新对手。

“我总得想个办法呀!”

另一方面，有人给他打怪电话。身份不明的打电话者，已知道水木是财川一郎的替身。聪次和谷口表面上不动声色，但不知道他们葫芦里装的什么药，实在令人可怕。还有，他也觉得那个老佣人阿松，似乎也正在怀疑他。

水木觉得自己像被放在炉上烧烤似的，浑身感到火辣辣的。

3

在公司遭遇柴崎的当天，回家以后，那个怪电话又打来了。开始，打电话者好像连续遭到了拳击似的，屏住了气息，不说话。

电话是多津子接的。

“是谁?”

在一旁的水木问道。可是，他一看多津子准备录音的录音机磁带在转动时，知道又是先前那个怪电话。他从多津子手中接过话筒：

“我是财川，您是谁?”

“是我。”

对方笑着回答，因为故意改变声调，一时听不出是谁。这是一种似曾听过而又没听过的声音。

“是谁？光说‘是我’，怎么知道您是谁呢？”

“我是知道你这个冒牌财川一郎的人，希望你不要再装蒜了。”

“停止你的信口雌黄吧，你凭什么这样说？”

多津子紧张地站在水木身旁，为了听清对方的声音，她也把耳朵贴近话筒。

“我绝不是信口雌黄，多津子太太大概站在你身边吧，你们同流合污，企图谋取财川家的亿万家产，这可办不到呀！”

“胡说八道！请别开玩笑了。我要放下电话了。”

“这不是胡说八道，你是成不了一郎的。”

“你能拿出证据吗？”

水木之所以提出这个问题，除了被对方所迫之外，也是出于想进一步弄清对方的意图。

“那么，你愿意检查血液以证实你是真一郎吗？”

对方的回答，不出所料，但并不可怕。

“你的要求太失礼了。你不公开自己的身份，却向别人提出如此要求，人家能同意吗？检查血液，这是最终手段，你平白无故说我冒充一郎，提出这样的要求，难道不可笑吗？”

“我以后会拿出确凿的证据来的。一旦发现了真一郎，你的画皮就不撕自掉啦！”

“你说得真有意思。难道除了我以外，还有一个什么真一郎吗？”

“这你自己最清楚。”

“为什么说我最清楚？”

“这个……也就是你把一郎杀了，将他的尸体藏匿起来。”

对方企图把杀死一郎的罪行转嫁给水木，而且，水木的确是转嫁这种罪行的绝好对象。因为水木可以被怀疑有充分的杀人动机。他为了得到巨大财产的继承权，将一郎杀死了，并藏匿了尸体，冒充死者；再者，警察绝难想到杀人和藏匿尸体是两个人干的，即：电话的对方杀死了一郎，而藏匿尸体的是水木。但是，在目前情况下，只要一郎的尸体不被发现，就能将对方的恫吓顶回去。

“难道说是我将我自己杀死了吗？你的神经有没有毛病？我活得这么好，你怎么能说一郎死了呢？”

“那因为你是一郎的替身。”

“所以我要你拿出我是替身的证据来。”

“检查血液就知道了。”

话又绕回来了。对方毫无办法使水木就范，而又一口咬定一郎已经死了，这本身就说明他自己是杀死一郎的凶手。

“其实，不必寻找出一郎的尸体就能证明你是他的替身。我只要将这个事实告诉财川聪次和谷口敏胜就够了。尽管你和财川一郎面貌酷似，但他们一定能识破你的。”

“那你就这么干吧。”水木接着道，“除掉我以后，能够获得遗产的就是叔父和谷口夫妇，因此弄不好，他们要受嫌疑的。请问，你这样做，居心何在？是不是除掉我以后，你能分到什么好处？是我叔父或谷口授意你这样干的吗？否则，你本人就是搞掉我以后能获得最大利益的人。你既然一口咬定我是替身，那就应该知道真正的一郎发生了什么意外，否则，在没有真凭实据的情况下，你怎么知道我是替身？这不就等于说，你是杀死一郎的凶手吗？

“你咬定我是替身，即便把我搞垮，到头来你也是得不到利益的，因为如果能够得到利益，那就等于你承认自己是杀人凶手。当然，以上都是假定除我以外还有一个什么真一郎存在而说的话。”

水木的这些话深深打中对方的要害。对方因为亲手杀死了一郎，才知道水木冒充了一郎，但是能置水木于死地的一郎的尸体，却被隐藏起来了。因而，对长相和一郎一模一样甚至自己也区分不出来的水木的确是无可奈何的。虽然水木是他转嫁罪行的绝好对象，但他又是无法告发的。

在没有客观证据的情况下，说水木是一郎的替身，就已经自供了自己是杀人凶手。他虽然知道水木不是一郎，但又无法公开这个事实，因为这样一来，虽然能剥下水木的假面具，但却搬起石头砸了自己的脚。

利用聪次他们也能剥下水木的画皮，但就像水木所说，搞垮水木以后，最能获得利益者，将会引起怀疑。到头来，偷鸡不成反倒蚀把米。

必须不受嫌疑，而又能获得利益。这说明存在一个人，他能够在杀死一郎之后，又越过聪次和谷口而取得利益。

水木的话之所以能打中对方要害，这说明对方是一个比聪次和谷口更优先获得利益的人。难道真有这样的人吗？

还没有入财川家户籍的多津子，显然不是这种人。因为她还不算是财川一郎正式的妻子，她没有继承权。

对方肯定隐藏在财川总一郎身边。

水木的眼前又浮现一郎临死前所做的 V 暗号，这肯定是暗示凶手是什么人的。

V 究竟表示凶手的什么？V 的意思有许多，表示胜利的 V；划拳的剪刀；罗马数字 5，不，表示 5，应该伸出一只手来，那么，是表示二十吗？

瞬间，水木凝神联想，他握着话筒，默不作声。而电话对方也屏住了气息。

他们现在是互相畏惧的对手。对方知道水木是替身，水木知道对方是杀人凶手。

但是谁也奈何不了谁。因为，能置对方于死地的证据，反过来会使自己垮台。

谁也不能先放下话筒，先放下者，就等于认输。

通过电话线，两人白刃相交，气氛紧张。

第五章　供食游戏

1

“瞧吧，我不用多长时间，就能剥下你的画皮!”

相持结果，对方狠狠地这样说之后，放下听筒。

“他会向聪次和谷口告发我吧?”

水木明知对方不会干这样对自己也是危险的事，但又很难肯定他不会这样干。因为对方是隐蔽的，搞垮了水木以后，只要放弃自己的利益，那还是安全的。

“凶手绝不会干这样的蠢事，否则，就难以理解他为什么要杀害一郎了。对于他来说，只要受到哪怕一点儿杀人的嫌疑，他所干的一切就会付诸东流。”刚才耳朵贴在听筒旁听电话的多津子，看清了对手的处境，这样安慰水木。

随即，她又自言自语说：“不过，我想不出他究竟是谁。”

可是，有关凶手是谁，水木心里已经有了一个线索，但是他想，现在无须告诉多津子。这个现在是同伙的女人，在不久的将来，必然会变成自己的敌人。因此，他绝不能把自己所知道的一切都抖搂给她。

在没有弄清把自己所掌握的情报或武器交给多津子是否将来对自己有害之前，还是不急于给她为好。

“嗯，现在还搞不清这小子是什么样的人，不过，在短时间内，我一定要揪住他的尾巴！比起这个来，又发生了一件很伤脑筋的事。”

于是，水木将今天在公司遇到柴崎的事一五一十地告诉了多津子。

“我已预料到你一定会遇到熟人，那你就假装不认识好了。”

“可是，那小子是个鬼迷心窍的人，他看出我身上有油水可捞，绝不会轻易撒手；再说，他很了解我，甚至连我身上细小的特征都知道，他一定会借此威胁我，这件事要是让聪次、谷口或现在打怪电话的对手知道就糟了。”

“那么，你怎么办?”

“所以才找你商量呢。”

“我再次问你，你是谁的替身?”

“怎么啦？突然郑重其事地提出这个问题?”

“你已经是财川一郎了。继承财川家业，将获得十几亿元财产，一个一流公司的职员辛辛苦苦地干一辈子，所获工资不过五千万元，那么你该知道你将得到的东西究竟有多少了。要想获得这么巨大的财产，难道能为这样的事伤脑筋吗?”

“你究竟要说什么呢?”

“你怎么还不明白？你所要得到的并非是什么人都可以得到的东西，既然如此，就应该拼着命去夺取，你意识到这一点后，就该知道我的意思了。”

听完，水木惊讶地望着多津子。

“你终于明白了。是呀，让他在这个世界上消失掉！不，还要让所有的妨碍我们事业的人，在这个世界上通通消失掉!”

“可这是天大的事啊。”

“什么？天大的事？我们现在已经骑虎难下了，财川一郎虽然是被他人杀死的，可是我们一旦暴露，就像刚才凶手所说的，会被当成杀人凶手。既然如此，那就杀他几个人。为了财川家的亿万家产，要豁出命来干，况且对方是社会的害虫，消灭一两个对社会有益无害。”

“可是，如果杀死一郎的凶手知道了我们干掉柴崎，那我们该怎么办?”

“凶手一旦被我们查出来，我们也得干掉他。在一段时间内，我们大可不必怕他，因为，如果他要告发了你，那就等于暴露他自己。”多津子冷笑道。

水木意识到自己的同伙比想象的可怕。不过，她毕竟还年轻，她不应该把自己凶恶奸诈在水木面前表现出来；倘若她更为可怕，那就应该把自己令人可怕的本性隐蔽起来，不让水木觉察。

在这个将来一定要和自己发生利害冲突的同伙面前，应该尽可能地装痴卖傻，以松懈她对自己的警惕。

应该记住，她所说的“为了财川家的亿万家产，要豁出命来干”的话。因为，从她的话中听出来，一旦水木成了她实现目标的障碍时，她也要豁出命去除掉水木。为了不被她除掉，自己也要做好充分准备。但是，这种准备，绝不能让她有所觉察。其实，他现在已经有一个先发制人的机会了。

2

果然，柴崎没有撒手，虽然瞬间犹豫了一下，但马上又缠了上来。在他看来，只要看出有油水可捞，那就要像蚊子似的马上叮上去，即便认错人，也算不了什么。

两天以后，柴崎给水木的公寓打来了电话。最初，接电话的是多津子，看到她的表情，水木以为又是那个怪电话，可是接过听筒时传来的却是柴崎的声音：

“是财川一郎先生吗？我一听说，你当上财川商事的常务董事，吓了一跳，不愧是水木兄，干出这样的大事。你究竟是怎么变成财川一郎的啊？”

看来，这两天，柴崎已调查了水木的身份，水木只好保持沉默。

“财川太太是你的同谋吧？你和财川一郎先生无论怎样相象也骗不过他太太的啊。她是一个大美人吧？你现在时来运转，右手捧着朵花，左手抓着财产。看在你我昔日兄弟的情分上，能不能也让我沾点儿光呢？”

柴崎终于表露了自己的企图。在这种情况下，水木不能随便回答，因为一旦答应了他，对方的要求马上升级，而且妥协的本身，又会变成对方继续威胁的武器。

“喂，水木兄，你听见了没有？为什么不答话呀？”

柴崎催促道。水木一时不知所措，是仍然假装不认识呢？还是为了争得时间，暂时答应他的要求呢？

可是，对方紧催不放，不给水木以考虑的时间，非要他当场表态不可。水木心里知道再也无法瞒住柴崎了，柴崎是确信没有认错人才进行威胁的。

“我来对他说吧。”在身边旁听的多津子突然说道。

“你？不行呀，危险！”水木用手盖住听筒的传话口，对多津子说。

“有什么危险？对方是在电话的另一头。”

“不是这个意思，我是担心暴露我们的关系。”

“可是，你回答他，对方就会闹得更加不可收拾。总之，让我对付他吧。”

多津子接过话筒。

“喂，喂，是柴崎先生吧？你刚才的话，太有意思了。”

对方突然听到多津子的声音，似乎愣了一下。

“是财川太太吧？”

“是的。您说，我丈夫是替身吗？”

“是的。尽管他装作不认识我，但我确信并没认错人。您大概也是同谋吧？是夫妇双方同唱一台戏呀。”

“所以，我才说您的话有意思了。不过，你能拿出证据来吗？如果拿不出可靠的证据，那么谁也不会相信您的话。”

“您是太太，应该心里有数。水木兄右肩骨下有一条从右上到左下的刀伤。那是一次在争夺地盘的相斗中，被对方的匕首擦伤的。”

“是吗？您说得那么可怕。那伤痕是必须脱下衣服才看得到的吧。可是，您怎么从外表一下子就看出来了呢？”

“因为我相信他绝对是水木兄，我曾经和他三年同吃一锅饭，怎么会认错人呢？”

“可是，这样的话，说得再多也没用。”

“露出肩膀的刀伤就够了嘛。”

“您以为这样随便找个茬儿就能随随便便地让人脱光衣服吗？我看您的恐吓也未免太幼稚了。”

“什么？幼稚？”

多津子嗤之以鼻似地冷笑一声，柴崎好像冒火了。

“不过，我觉得你的话很有意思。你甚至还说我是同谋！所以，我想听您详详细细地给我讲述一遍。如果您的话确实很有意思，我将赠送你一笔讲述费！”

“怎么样？怕我了吧？因为你们是逃不过我的眼睛的。还是干脆承认，分给我一点儿好处好，这对双方都有利。至于我，绝不想把这件事声张出去。”

“你不要倒打一耙。”

多津子断然说道。

“柴崎先生，您没有什么可怕的。您要说什么，随您的便，到什么地方去说都可以，人家一定把您当成精神病患者。您说他肩膀有伤痕，无论如何要看，那可以在方便的时候看。我之所以对您的话感兴趣，是因为我闲得无聊的缘故。我是说，您的有趣的话，如果能给我解解闷儿，我将付给你相当的报酬。”

“知道了，我去给您讲。请您告诉我时间、地点。”

柴崎领会了多津子话中的含义。

“那您马上就来！您现在在什么地方？”

吃惊的水木要说什么，但多津子用眼睛制止了他。

“你知道我们家吧。麴町四丁目的高级住宅 1508 号房间。你是一个人来吧？我只想听你一个人的话。”

电话交谈到此结束。

“你究竟为什么要把他叫到这里来？他是个欲望难填、贪得无厌的家伙，一旦答应了他的要求，他会得寸进尺，毫无止境地敲诈、勒索，直到把我们的骨髓吸干为止。”水木急不可待地盯着多津子大声喊道。

“什么？他有那么大的肚量？能把财川家的财产一口吞下去？你放心好了，我胸有成竹。”

“那你打算怎么对付他？”

“这个死死地盯上了你的家伙非常熟悉你，你怎么也摆脱不了他，应该对他下毒手。”

“可是，我们还没有做任何准备。”

“他也没有准备。我们要干得越快越好。现在还为时不晚，他自见到你后到今天，不过两天时间，看来，还不会对任何人谈过这件事，因为他好不容易遇到一棵摇钱树，不想告诉别人；可是，拖下去，让他到处乱跑，他有可能漏了嘴。”

“这不过是你一个人的推理吧？你不能保证比如在来这里的途中他不会告诉别人的。马上在这里杀死他，那太危险了。”

“混账！谁说杀死他了？我是说把他监禁起来！”

“监禁起来！”

“瞧，把你吓成这样子。这个房间十分宽敞，只住两个人，有多余的房子。况且墙壁厚实，邻居又都是对周围漠不关心的人。”

“可是，对方不是诱拐来的孩子，而是一个流氓。”

“对付孩子是麻烦的。比起孩子来，对付他更容易。用结实的锁把他锁进房子里，既不杀死他，又不让他活得好，只要放进两件东西就够了：饭盆、便盆。”

“你呀，还是个女人！”

水木又一次感到自己同伙的可怕。她简直不像一个年轻女性。

“不，放进一个便盆就够了。拉完屎，用水冲掉，就可以当饭碗了。”多津子若无其事地补充道。

“别说了，恶心！”

像也被强迫用便盆盛饭吃似的，水木感到要呕吐。

“怎么？你也这么神经过敏！阁下过去不是柴崎的兄长吗？应该更厚颜无耻吧！”

“比起你还差一些……可是，把他监禁起来以后，又怎么样！”

“观察一段时间。柴崎从外面消失以后，没有动静或即便有动静但没有人知道他到过这儿，那我们就放心了。然后看准适当的时机，把他收拾掉！”

“要是有人知道他来过这地方呢?”

“这不太可能，如果那样，到时候再想别的办法。问题要一个一个地解决。”

“那么，如何才能将他监禁起来呢?”

“我不想使用暴力。还是用混有安眠药的酒灌醉他，我这里预备有相当多的药。好了，十分钟后，他就到了，到时候，你要多出力。”

多津子看了一下手表。她准确地估计刚才柴崎所说的地点到这里所需要的时间。

3

果然，十分钟后，柴崎来了，是一个人。

多津子打开门之后，他提心吊胆起来。好像被多津子那种强悍的神气压倒似的。

“这房子太好了。”

被引进面向凉台的十铺席的西洋客厅时，就像当初水木一样，柴崎东张西望，惊叹不止。

比起水木初次来时，房间内已配齐了家具和装饰品，显得更加豪华。

“因为是第一次，为了慎重起见，我想请问，您是一个人来的吗?”多津子试探道。

“如果不是一个人，又怎么样?”

“那我请您马上回去。我并不是非听您的话不可，我还有许多别的消闲解闷的办法。”

“您是想对我采取奇怪的行动吧。”

柴崎满腹疑虑，显出相当警惕的样子。

“您说奇怪的行动，什么呀?”多津子装出好笑的样子反问道。

“为了相互的幸福，我们双方要心平气和才好。”

“我本来喜欢心平气和地解决问题。不过事先我要声明一点：如果您的话就像我所期待的那么有趣，此后我将定期地听您讲述，届时付给您相当的报酬，但是谈话者必须只限于您一个人。如果不断出现为了获得报酬的谈话新手，那您那些难得的话就变得枯燥无味了。您的话的价值就在于您一个人知道，不让别人知道，这是我奉送礼物的条件，这一点，我想事先讲清楚。”

多津子眼睛一动不动地直直地望着对方。水木已经感受到这是她进攻男人的最拿手的一招儿。她最初就是用这一招俘虏了水木的。

她的眼睛里闪烁出一种极为妖媚的光。一般的男人一遇到这种光，就被催入一种昏昏沉沉的睡眠状态，而无法抵抗。

“知道了，就我一个人知道。只要你们使我满意，我是不会告诉别人的。”

“不仅这以后，如果这以前您已经告诉了别人，那也不行。”

“您放心好了，我怎么会把这么有趣的话告诉别人呢?”

柴崎终于吐出真情。这样，他就自己给自己脱下了护身盔甲。当他道出自己和外部任何人都没有联系时，就意味着他将从此被关在这个房间里。

“另外，请问，谁也不知道您到这里吧？说句失礼的话，您是配不上当财川家的客人的，要是让人们知道了您出入于财川一郎家，那对我们将是不体面的事。保守到我这里来的秘密，这也是我给您报酬的条件之一。”

多津子强调“报酬”，她知道，这两个字最能解除柴崎的警戒之心。

“谁也没看到我进到这个房间里来呀！”

柴崎仿佛讨好似地回答。像他这样善于恐吓的流氓，只会雕虫小技，而缺少深谋远虑。一方面，他看到水木身上有油水可捞，咬住他不放；另一方面，又经不起水木美貌妖冶的“妻子”多津子的花言巧语，而忘乎所以。

或许，除了金钱以外，还可以尝到她的美味吧。她所暗示的定期“报酬”，大概指的是这种美味吧？

这种下流的错觉，使他失去了应有的警惕。世上，像他这样光想拾他人的残羹剩饭者，终究缺少应有的知识和稳重。

“那么，为我们一千零一夜的故事干杯吧。”

多津子笑吟吟地说。柴崎当然无法知道她所说的一千零一夜的讽刺含义：一旦对故事失去兴趣，听故事者是要杀死讲故事者的。讲故事者为了苟延残喘，在恐怖中将故事一个一个地讲述下去。

在三人围坐的麻栗木茶桌上，多津子放上三个玻璃杯。不问那俩人想喝什么，就往杯里倒上冰镇啤酒。

“干杯！”

多津子举杯说。三个人的杯子碰在一起。多津子和水木一饮而尽。在这种无声的催促下，柴崎也一口气把整杯啤酒倒进嘴里。可能因为心情紧张，他嗓子发干。

这最初的一杯酒缓和了他的紧张心情以后，加上多津子和水木也同瓶共饮，柴崎放心了，他又咕噜一声喝干了一杯。

当然，啤酒里没有放入东西。多津子想劝柴崎喝几杯啤酒，完全解除他的警戒之后，让他喝药酒。

“你还想喝西洋酒吗?”

喝了几杯啤酒，眼帘儿稍稍泛红的多津子开始劝诱道。

“不，光喝啤酒就够了。我如果喝醉了，讲不了那么有趣的故事，不是很遗憾的事吗?”

柴崎用狡黠的目光瞥着多津子，在想象她的裸体。几杯啤酒落肚以后，他的话匣子也随之打开得更大了，他向多津子和水木讲述了他和水木分手以后的经过。他说，他所在的暴力集团和西日本的一个大暴力集团订立了同盟，企图把自己的势力打进东京，他这次是来侦察的。由此可知，虽然几年过去了，他依然没有从强盗集团中拔出身来。而且，因为缺少手腕和胆量，在强盗世界里，他依然是一个配角。

第二瓶啤酒又空了。多津子打开第三瓶。这一瓶才是“真家伙”，里面放入了巴比妥酸系的强效力安眠药。一旦喝进这种药，要经过很长时间才能醒过来。

在这之前，多津子把这种药放入啤酒中以后，又不露痕迹地封起瓶塞。此刻，在柴崎面前，她故意装出是第一次打开这个瓶子。

这时，多津子和水木的杯子，依然留着满满的原来的啤酒。这是为了使柴崎觉得他们无法倒入第三瓶啤酒而故意留下来的。在多津子连声“请、请”的劝酒声中，柴崎毫无疑惑地端起斟满第三瓶啤酒的杯子。

两个人不知道放入的药物究竟能起多大效力。不过，在他们看来，大可不必让他睡成烂泥，只要能使他昏昏沉沉，减轻其抵抗力就足够了。

“怎么? 这杯啤酒有点儿苦!”

呷了一口，柴崎说道。水木与多津子同时心里扑通地跳了一下。但多津子马上若无其事地解释道："恐怕是在冰箱里冰镇过的缘故吧。"

水木不知道突然被冰镇的啤酒是否会变苦，反正经多津子这样解释之后，柴崎就再也不停地一杯又一杯地往肚子里灌啤酒了。

"可是，水木兄，你是怎么变成这位漂亮太太的丈夫的呀?"柴崎用稍稍发红的眼睛望着水木道。

"现在告诉您这件事还为时过早呢。您看，这是最初的报酬。"多津子将厚厚一沓钱轻轻地放到他面前。柴崎的目光一下子就被吸到那上面去了。

"你点一点吧，这不过是最初的报酬呀。"多津子恶作剧似地笑着说，"您再喝一杯吧?"

多津子又给柴崎倒上一杯。见钱眼开，柴崎更加放心，他又很快地喝进一杯"苦啤酒"。

"该下手了。"

多津子用眼睛示意水木说。碾成粉末掺进啤酒中的安眠药数量是常用量的七、八倍。

"不要焦急。"

水木也用眼睛回答她。虽然可以相信柴崎，所说的到这儿没有被别人看见的话是事实。也就是说，他现在已经是袋中之鼠了。可是，现在水木所担心的是，对熟睡以后的柴崎的处置。在一个相当长时间内禁闭一个大男子汉，并不像多津子说得那么容易。

在这期间，要让他吃、睡、拉，而且绝不能让邻居觉察出来。因为，虽然这里的邻居都是对他人漠不关心的所谓"公寓族"，但如果知道有人被监禁在这个楼里，那就不会缄默不语了。

“可是，水木兄，您每天晚上自由地使用太太这样漂亮的女人，你……不觉得过分吗？畜生，你还瞒着别人呢！”

酒醉以后，柴崎的话变得更加奇怪了。

“柴崎先生，您还是点一点钱吧，以免过后说钱不够什么的。”

多津子催促道。柴崎头脑已经相当昏沉不清了，他拿起多津子推过来的钱，开始数起来。可是中途老是点错。

“不对，您又数错了。您可要认真数呀。”

多津子这么一说，柴崎似乎振奋了一下，但又马上糊涂了。让他点钱也是为了起到催眠的效果。

“该动手了吧？”

看到柴崎终于头一歪倒在沙发背上，呼噜呼噜地睡着以后，多津子说道。他虽然睡着了，但手里仍然紧紧地抓住那一沓钱，表现出强烈的金钱欲。

“喂，你先用麻绳把他的手脚捆起来。使他即使醒过来也动弹不得。我去买更结实的绳子和堵嘴用的胶布等必要的东西。”

多津子争分夺秒，果断地向水木下达命令。

她买来了结实的绳子以后，又再次把柴崎捆绑起来。

柴崎已经进入昏睡状态，可是当多津子他们要将他手里拿着的钱抽出来时，他那弛缓的身体，颤动了一下，手里更紧紧地握住了钱。

“吓我一跳。这家伙对钱的执着，太令人可怕了。”

“恐怕即便被杀死也紧抓不放呢。”

多津子和水木一下子愣住，面面相觑。

他们决定把厕所旁边的四个半铺席大的地方作为柴崎的监禁室。这里和邻居相隔一间屋子，隔音甚好，而且有一扇坚固的门，锁上以后，是一个理想的家庭监狱。再说旁边是厕所，便于俘虏排泄。

“你暂时不要请客人来了。”

“当然了，我怎么能干这种蠢事，我们还是新婚夫妇呢?”

“新婚夫妇?”

水木无限感慨，他们是通过一利罪恶的契约而结成的“夫妇”。虽然结识时间不长，但水木却感到和多津子在一起生活了相当漫长的时间了。

因为在这套与其说是爱之巢，不如说是罪恶之巢的房间里，他们已经干下许多见不得人的事。因而，水木产生了已经度过了漫长的时间的错觉。

现在，柴崎像一条鱼似的，被扔进监禁室。他还在打着呼噜。

“怎么还没醒过来?”

多津子用脚尖轻轻地踢了一下柴崎，他仍无反应。水木一下子担心起来了。

“是不是这样下去，他再也醒不过来了?”

“放心好了，这种人能够因吃那么一点儿安眠药就简单地死去吗?你瞧他那副表情，哪像会死去的呀，呼噜呼噜的，张着嘴，流着口水。这种平日人们惧怕三分的强盗竟然如此不体面呀!”

多津子皱着鼻头纹笑着。

4

第二天，是水木必须出勤的日子。

“喂，你一个人在家，安全吗?”

水木十分担心地问道。但是，他又不能雇人来守卫。

“放心好了。现在对方手脚都被捆得紧紧的，再说，在你回来之前，我不打开门给他饭吃。”

多津子的表情不仅毫无惧色，反而兴致勃勃。她好像在谈论一头饲养的珍贵动物。

柴崎已经醒过来了。他神志恢复以后，才意识到自己中了他们的圈套。他激烈地挣扎着，但每一次都遭到水木的拳打脚踢，现在终于老实了。

他的嘴被胶布封住，说不出话来，因而只能从眼睛里表现出极端的恐怖。他好像预感到自己将在什么时候被杀死，用其表情哀求：“我再也不恫吓你们了，请放了我吧。”

“可是，现在太晚了。”

多津子好像观赏一个有趣的玩物似的，瞧着毫无抵抗能力的柴崎。

水木颇为担心的是，他不在场时，柴崎将会进行挣扎。如果让他挣开桎梏，多津子无论怎么厉害，也不是他的对手。于是水木又用一根粗大的绳子把柴崎全身缠了起来，使他像一只结草虫。

“你实在有点儿神经质，没有必要把他捆成这个样子。他连厕所都去不了。”

多津子笑道。

“在我回家之前，就让他随地便溺吧，你绝对不能让他进到这个屋子里来呀。”

“知道了。你要这么不放心，就早一点儿回家吧。”

多津子撒娇似地撅起嘴说，那情态倒真有点儿象娇嫩的新婚妻子。

“这个女人真是个怪物呀。”

水木心里这样想着，深深地亲了一下多津子那如同甜美果子似的嘴唇。

水木离家去公司不到一个钟头，多津子就急不可耐地打开严密禁锢的监禁室，走了进去。

像结草虫一样躺在地板上的柴崎，抬起头用恐怖的眼睛望着她。她和水木每次进来的时候，柴崎都浑身发颤，害怕他们是来执行他的死刑。

多津子不知为什么，俯身看着一动不动的柴崎。

“怪可怜的，你不想去厕所吗？是啊，从昨天开始，你滴水未逃，恐怕拉不出什么来。好，让你轻松一下。”

多津子蹲下去，解开缠在柴崎腰间的绳子。

“嗯，这样就好受一点儿了吧？”

多津子深深地叹了一口气，但不解开柴崎手脚的束缚。

“实际上，我可怜你两天来没吃没喝的，想给你供一点儿食物。”

多津子用手甩晃着解开的绳，露出谜一般的笑容。柴崎疑惑地望着她。可是，她并不像要去端食物。

现在，多津子一边慢慢地脱下衣服，一边“观赏”柴崎的反应，她脱下了便服，脱下了裤子，在惊愕地睁大眼睛的柴崎面前，最后她解下围在丰盈的腰下的白花布裤衩儿。

她发出了淫笑……

“看来，你是一个性欲很旺盛的人。”她看到男人身上那种征象后，高兴地说：“我很喜欢这样的人。”

多津子松开男人腰下的绳子，解开他的裤纽……

“你要小心，若有一点儿三心二意，我就停止给你供食。”

多津子巧妙地把他们的行动比喻为供食。的确，这种供食完全解决了不仅是柴崎而且也是她的饥饿。

就像通过两根管道连接在一起的“空中输油”一样，仅仅将性器官结合起来，以满足双方欲望的新奇的性行为，是原始的，但比任何“人工的”种种性行为更具有刺激性。

两个人几乎同时达到满足。她把柴崎的裤子系上以后，又像原来那样，缠上结实的绳子。

“只要老老实实的，还会给你供食。”

多津子给已经疲惫不堪的柴崎一个秋波后，高兴地走出牢门。离她的丈夫回来，还有几个钟头。

“痛痛快快地洗个澡，化化妆。”

她心满意足地想道。

5

把柴崎监禁了一个星期，这期间，没听说外面有人寻找柴崎。

“该下手了吧！”水木催促多津子。

因为监禁时间越长，被发现的危险性就越大，而且说不定什么时候会有不速之客闯了进来，那就更糟了。

“可是……”

多津子总是犹豫不决。在那次之后，她又瞒着水木，玩了几回那种“游戏”。她终究要收拾柴崎，但又陶醉在这种“游戏”所具有的残虐性的快感里。男女之间的这种事和交际舞一样，主动权总是由男人掌握，可是，在现在的多津子和柴崎之间，多津子掌握着绝对的主动权。

在这种“游戏”中，柴崎完全被多津子当作一种道具，一种“性具”，活着的“性具”。

她现在的心境如同获得一个极其好玩的秘密玩具的孩子一样。

这种奇妙的玩具，是不能轻易到手的，应该更愉快地再玩几次呀。

另一方面，柴崎对偶尔能获得这样美妙的喂食，表现出兴趣。他完全丧失了逃脱这种处境的意志。多津子和他之间的事，不需要任何技巧、姿势和小道具，是一种纯粹的却又是特别的性活动。

虽然男女分别起着自己的作用，但是主动权的颠倒使双方娱乐的性质也发生倒错。

多津子要获取带残虐性的欢乐，而柴崎又乐于受虐待，两者像多年的老搭档，相互默契配合，沉溺在变态的性的欢愉之中。

在身体被剥夺自由的异常状态下，和女性之间的性的交媾，反而使柴崎产生这样的异常欲望：无条件地屈从女性的意志，受她的支配，让她尽情地玩弄。

柴崎从来没有体验过这样刺激的两性活动，他觉得经历过这种异常的体验，恐怕对别的女性的普通刺激再也不会有什么反应了。

他也完全陶醉在这种受虐的快感之中，对多津子像一只被驯养的动物那样温顺。

“再观察一段时间看吧。我就担心在下一个星期，有人向警察提出搜索要求的。”

“可是我觉得问题不大了。”

“再说，要先找好藏放地点之后，才好下手呀！”

“埋藏一郎的地方，怎么样？”

“不行，两个东西藏在一个地方，很危险！因为柴崎而让人刨出了一郎的尸体，那我们会连本带利全丢光的。”

“你说得有道理。”

“不必仓促行事，还是先找好地点再说。”

多津子以好像要藏放什么物品似的口气说，当然她是指柴崎的尸体。

无疑，她已经下定决心要杀死柴崎。因为让柴崎活着，后患无穷。虽然这是一个奇妙的玩具，但终究要将他毁灭。

（他充其量只有两三个星期的活命了，在最近尽可能多供他几次美味。）

仿佛给临终者行善似的，多津子在水木上班时，又迫不及待地玩了几次“游戏”。

两个星期后的一天，晚饭后，正漫不经心地看着电视的多津子，突然大声叫喊起来。

“你怎么啦?”

正在看报纸的水木感到奇怪地抬头问道。

“你瞧呀!”

多津子指着电视屏幕。

刚好是新闻联播时间，广播员用单调的声音报告了暴力集团之间相争的消息。关西方面的暴力集团企图向东京扩充势力，遭到东京一带暴力集团的阻拦，于是两伙之间发生了大规模的武力冲突，死伤多人。

“我也刚读完有关这方面的报道。”

水木将手上的报纸递给多津子，报纸上更为详细地报道了这个事件。

原来，西日本最大的暴力集团“川村组”为了把势力扩充至东京，很早以前就有意识地接近在横滨、川崎一带拥有很大势力的暴力集团“根岸组”，两派在最近实现了联合，互相进出对方的地盘。

两派联合的第一个步骤，是在大田区蒲田地区开设事务所。可是，东京最大的暴力集团“大东组”，纠合了关东一带的暴力集团，严阵以待，企图阻止“川村组”和“根岸组”打入东京。于是，今日凌晨三时左右，“大东组”系统的东谷一家（注：暴力集团的基层组织），和川村、根岸组的混合队在蒲田车站周围发生了激烈的武斗，双方都使用手枪和日本刀，以致死六人，轻重伤十六人，据说死者人数还有增加的趋势。

“喂，根岸组不是柴崎的组织吗？”

“是的。我过去也是那个组织的成员。如果没离开那里，说不定这次会被当作炮灰，进入这些死伤者之列呢。”

水木感慨万端地说。当然，柴崎如果不身陷囹圄，也要投入这次战斗的。

“喂！”

多津子眼睛闪闪发亮。水木知道，每当这时候，她一定又想出了什么“高招儿”。

她那是一双又美丽又可怕的眼睛！

“什么？”

“对柴崎下手的时候到了！”

“？”

“你真笨！我是说，有了存放尸体的地点了。”

“什么地方？”

水木感到意外，急促地问道。

“你看了这报纸，难道就没有想到吗？”

“……我……”

“再也没有这样理想的场所了。报纸说，死伤者将有增加的趋势呀！”

“……”

“在强盗们看来，在暴力集团的相斗中死去，是很光彩的事，是光荣牺牲吧?”

“可是，把尸体运到什么地方隐藏起来呀?”

“不是隐藏，是扔掉！只要把它扔到蒲田的什么小巷里，警察一定会认为柴崎是光荣牺牲的。”

“事件是在今天凌晨发生的。已经过了相当时间，又出现了一具尸体，不会引人生疑吗?”

“一点也不，人们会认为，他可能一个人逃出来，走到那里筋疲力尽死掉了，或者在事件发生后，走到那里被对方发现而杀死。本来，像他那样的强盗，何时何地死掉都不令人奇怪；再说，在那么一场大规模武斗之后，又出现一两具尸体，只能令人相信是武斗的余波。”

“是的，言之有理。”

水木终于被多津子说服了。最初，他感到突然，但现在不得不佩服多津子头脑敏捷。把尸体扔在暴力集团冲突之后的现场，虽然已隔了一段时间，但人们会认为，强盗争斗红了眼，而不会引起别的怀疑。

“既然决定下来，今晚就收拾他，行善要快。”

在多津子看来，杀人也是行善，只是她因为再也不能玩那种“供食游戏”而感到遗憾。

紧接着他们必须决定把柴崎活着送往那里呢？还是使之变为尸体送往那里。

“如果是尸体，一旦被哨卡盘问，就危险了。”

“可是送活人更危险，他要在车里闹起来呢?”

“让他吃药睡觉，怎么样?”

“让人从被认为是在强盗之争中死去的尸体中检查出安眠药来，会把事情弄复杂的。”

“是啊。”

“再说，送到现场以后，还不知是否能干脆利索地杀死他呢！”

讨论结果，他们决定送尸体去。当然，运送尸体也是一种危险，但这是无法避免的。

接着，他们讨论用什么方法杀死柴崎。

“最简单的办法是刺杀，可是这样容易弄脏房间。”

多津子皱着眉头说。因为，刺杀会使血流满地，难以洗净，而留下杀人证据。但是，又不能绞死他，因为强盗是在武斗中被杀死的。

“那就打死他吧。”

水木这句话，成了结论。家中有星期天作家具用的一把铁锤，他们决定用此作为凶器。

“好了，你要干得利索一点儿，我在这儿看着电视等你。”

多津子宛如主妇等待丈夫宰鸡似的说。她打开电视，是为了掩盖水木动作的声音，以避免让邻居听见。

“本来再想玩一次‘供食游戏’，可是，只好如此了……”多津子打消惋惜的念头，长叹一声，打开电视。

不一会儿，水木从监禁室里走出来。他脸色发青，眼睛抽动。

“干完了？”

“完了。”

水木又哼了一声。对他来说，这是第一次杀人，虽然在当强盗的时候他打架斗殴，作恶多端，但没有杀过人。

“再加把劲儿，还有一件大事没有干完呢。”

“没问题。得先让我再喝一杯掺水威士忌酒。”

“不能喝酒，你还要开车呢！先忍耐着，喝一杯咖啡吧。”

多津子绝不让水木松懈，因为现在必须尽快把尸体搬到车上。这是件艰巨的事，在搬运过程中，如在走廊上被人撞见或和人同乘电梯，都是危险的。

“走非常时用的楼梯最为安全。一是守卫人员从不巡逻那里，二是过了凌晨二时，几乎没有人出入公寓。”

“可是，守卫人员会在走廊里巡逻的。”

“一个钟头巡逻一次，巡逻过后的一个钟头内最为保险。”

这个高级公寓没有管理人，由居民自治会管理，自治会雇人守卫公寓。守卫人员一个小时只巡逻楼内外一次，而不检查出入这个楼的人。

“不管如何，先把尸体捆好，以便随时可以运出去。”多津子不给水木以喘息的时间，又下令了。

因为监禁室过于狭小，水木只好把尸体拖到客厅来捆。柴崎的致命伤在头盖骨上，被头发遮住，外表看不出来。他如同活人一样，脸形完好，惨剧的唯一标志就是右口角上鼓起的几个血泡。

“简直看不出来是死人。”多津子并不扭头，看着尸体说。

他们决定用床单把尸体裹起来，然后再用帆布捆成包。为了应付万一途中被人盘问，他们往帆布内塞堵塞物，使人看不出来里面包的是尸体。

突然，在捆包作业中，门铃响了。

两人吓了一跳，相对而视。他们猜不出来者是谁。

“究竟是哪一个家伙？”

“怎么办？”

两人面面相觑。因为事出突然，不知所措。其间，电铃响个不停。事到如今，也不能假装家里没有人。而且，令他们担心的是，不知道来者是谁。

6

“没有办法，我只好出去看看，尽量阻住来者闯进来。你赶快收拾好!”

多津子终于下决心道。此时，客厅地面上还放着绳子，撒着填塞物。

多津子走到门口，透过门镜，看到门外站着的意外的来访者时，不由得愣了一下。

她回头看到水木已初步把室内收拾好后，才打开门。大叫一声：

“是您呀，姑妈。”

来者是一郎的姑妈、谷口敏胜的妻子惠子，是一个不能够让其吃闭门羹的贵客。

“对不起，突然打搅你们。今晚我们女子专科学校的同窗会在东京大饭店聚会，同窗会结束以后，我想起一郎的新居就在饭店附近，急于想看看你们的新房，就突然闯来了。对不起，我看一眼就走。”

惠子无忧无虑的声音流进房子里。

“姑妈光临，我们太高兴了。请进来好好坐一会儿吧，不过房子里乱七八糟的。喂，一郎，姑妈来了。”

多津子言不由衷地强打笑容地说着，把惠子迎了进来。

“一郎，我突然来了。”

惠子好奇地睁大眼睛，走进屋子。

“噢，是姑妈吗。您应该先来一个电话，我好去饭店接您。”

水木笑脸相迎。其实，刚刚杀了人的双手还没有来得及洗呢。他虽然慌慌张张地粗略地把室内整理了一下，但地上恐怕还遗留有捆包用具什么的碎片呢。

他虽然表面上和颜悦色，但身上直冒冷汗。

“哪还用接呀，饭店就在这旁边，相距不过咫尺呢。”

经惠子这样一说，他们才意识到自己粗心了，家处城市中心一流饭店附近，就像今晚一样随时有意料不到的来访客人，因而，虽然很便利，但也最危险，尤其像今晚……

“毕竟是新婚之房，怎么连空气都好象和别的地方不一样。”

惠子优哉游哉地坐在刚才捆尸体的沙发上，抽着鼻子说。

其实，她所说的不一样的空气，恐怕是血腥味。瞬间，两人怀疑惠子是不是已经知道他们杀了人，故意这样讽刺呢。

“姑妈，您吃饭了吗?”多津子为改变话题，故意这样说。

“我已经在饭店吃过了。”

“那么我给您沏一杯咖啡吧。”

其实，多津子已猜到惠子吃过饭。

坐了三十分钟，闲聊一阵后，惠子站了起来。原以为她还要再聊下去的两个人，这才松了一口气。惠子大概也因为自己突然来访，耽误了时间，而挂念着家里。她走了以后，两个人从极度的紧张中解放出来，宛如虚脱过去似的。

比起刚才杀人来，他们感到这更消耗精力。

“喂，她是来干什么呀?”

“好像是来侦察的吧?”

“侦察?你说是侦察柴崎的去向吗?”

“是的，柴崎可能和谷口有联系，谷口夫妇知道柴崎到过这里。”

“你放心好了。柴崎如果把一切告诉谷口，那么他威胁我的材料就失去价值了。他之所以敢来威胁我，就在于只他一个人掌握这材料。再说，谷口如若事先知道，那他早就闹开了。”

“你说得有道理。总之，她使我们虚惊一场。象惠子这种好动没常性的有闲太太，有时真使人狼狈不堪啊。”

多津子终于显出放心的样子。

“已经浪费了不少时间，把尸体捆好以后，你先去寻找场所，不能在尸体放上车以后再花时间去寻找。”

“那你敢一个人留在这里吗?”

“为什么不敢?”

多津子颇感奇怪地望着水木。

“和尸体在一个房间，你不怕吗?”

“怕什么？他已经死了，难道会活过来吗?”

“可是，你是一个女人啊。”

“要说怕，活着的时候才可怕呢。死了，就是一块‘眯脱’。不过，说他是‘眯脱’不太合适，英文‘眯脱’是指食用肉。总之，你不必担心，赶快去选择一个合适的保险的场所。”

多津子催促水木。

水木驾驶着一郎过去的车到蒲田车站那一带去了，回来时大约是凌晨一时左右。

“找到好地方了吗?”

水木一进屋子，多津子迫不及待地问。

“武斗的现场，因为在车站附近，现在还人来人往，不能在那里冒险。离车站往西五百米左右有一条小路，倒很合适。”

“当然，如能扔到武斗的现场最好。但绝不能在扔的时候被人撞见，离现场五百米的地方，也还合适，那就走吧。”

“我累了，让我歇口气吧。”

水木平生以来第一次杀人，杀人之后，在包捆尸体时，惠子又突然闯了进来，应酬她又费精劳神，她走了以后，多津子又责成他寻找抛弃尸体的场所，此刻，他心力交瘁，行动迟缓，真想躺倒在地上。

“不行，现在一坐下来，就动弹不了啦。除了今晚，再也没有机会抛弃尸体了。来，再加一把劲儿。”

多津子鞭策要倒下去的水木。水木也明白，离武斗时间太长就不能使人相信柴崎是在乱斗的余波中被杀的了。

“巡逻的守卫人员刚过去，这个时候，公寓几乎没有出入的人，不过我还得出去看看走廊的动静。”

多津子立即出去仔细观察了房间前面到电梯室前的动静后，回来说：

“一个人影也没有。电梯一动不动，此时不运，更待何时！”

水木背起用帆布捆着的柴崎，跟在多津子后面，走出了房间。从他们的房间到非常时用的楼梯是一个死角，而且外面有掩护支架，不会被人从外面看到。

他们终于走到楼梯前，没有被人撞见。

“我先坐电梯下去，把车开过来等你。”

多津子担心到了下面再把车开过来耽误时间，容易引人生疑，因此先下去。水木一人费尽九牛二虎之力将尸体从十五层背到一层。然后再把尸体装进车，他已经累得说不出话来了。

“现在你可以歇一会儿，我来开车。”

水木和柴崎的尸体一进到车里，多津子立即开动了汽车。

尸体放在后座的前面，上面再放上预先放在那里的作遮盖用的高尔夫球手提包，这使水木只好缩着脚坐着。

为避免被岗哨盘问，他们先选择小路走，因此，花费了比预定多一些的时间才到达现场。

“从这里开始，你来引路吧。”

“让我开吧，我已缓过来了。”

他们在现场附近交换了位置，由水木开车到了刚才他选择的地点。这里离街道不远，是住宅街的一片空地，周围静悄悄的，一片漆黑。

“这倒是理想的地方。离繁华街道不远，很容易让人认为他是被对立面拉到这里杀死的。”

多津子对水木选择的地点感到十分满意，他们立刻解开捆包。

“注意千万别丢下绳子什么的。”

“知道了。”

他们终于没有被任何人盘问，顺利地抛弃了尸体。大功告成，在回家的途中，多津子打开车上的立体录音音响，说道：

“回到家，痛痛快快洗个澡，喝一杯白兰地，睡一个美觉。总之，我们又闯过一关了。”

当天的晨报来不及刊载发现尸体的消息，但早上的电视节目中却播送了。

据电视新闻讲，柴崎的尸体是被送牛奶的少年发现的。警察署已设立搜查本部，开始调查这个杀人案件。

但电视没有提到被害者的身分、凶手的杀人动机等问题。眼下，警察大概正在全力调查这些问题。

之后，午间新闻的广播和晚报谈到了柴崎的身份，并谈到警察方面认为，被害者可能是昨天凌晨蒲田车站周围所发生的暴力集团冲突的余波中被杀死的。

事态结果如同多津子和水木所估计的那样，但是他们不知道，警察在尸体旁边拾到了一个小东西。

第六章　敌人的构思

1

消灭了突然出现在他们面前又被它叮上了的害虫，解除了燃眉之急以后，那个打怪电话的身份不明的恐吓者的存在，显得更加突出了。他正把枪口瞄准水木他们。

凶手为什么要打那个怪电话？他和水木是互相牵制的敌人。在缩短射程的同时，本身也置身于受水木反击之境地。因而水木暂时不必担心他会立刻扣动扳机，但是，只要敌人存在一天，背后的危险就无法消除。

为了顺利地独吞财川家的财产，毫无疑义要除掉他。虽然财产如此庞大，使一个人难以独吞，但打怪电话者是水木不共戴天的敌人，水木无法和他进行交易，和他分享财产，从而结束两者之间的矛盾。

他究竟是什么人？

有关这个问题，木水已经有了一点儿线索。

一郎在临死前，伸出中指和食指做出 V 的手势，显然，这是暗示凶手是谁的暗号。

“如果这不是表示V，而是表示2的话。”

象财川总一郎这样的亿万富翁，妻子死后鳏居在家，表面没有和特定的女人来往，但暗地里有一两个情妇是不足为奇的。反之，没有情妇才是奇怪的。据说，他在年轻时代有许多风流韵事。一个拥有庞大财产的男子，毫无疑义，希望有其继承人。如果，这继承人是一郎一个人，无论如何是令人难以置信的。

他的妻子还活着的时候，他就有情妇。那么，他可能有尚未公开的儿女。

这样一想，一郎死后，财产的继承问题就变得更复杂了。

按法律规定，嫡子死后，不公开的子女如得到承认，也有继承权。他能够得到嫡子所得到的二分之一。因为是财川总一郎的财产，即便是二分之一，也是巨大的。

直至如今，入财川总一郎家户籍的，除一郎以外，没有别的人。但是，如果财川总一郎有别的儿女，他们现在就能获得承认，即便总一郎去世之后，只要他们能够提供足以证明自己是总一郎亲生子女的证据，也可以通过法院强制获得承认。并且法律还规定，在父亲没有嫡子的情况下，被承认的子女能够占有其全部财产。财川总一郎的妻子已经死了，在除掉一郎之后，如能得到总一郎的承认，他（她）将能继承其全部财产。

这样一想，水木觉得自己已经弄清楚了凶手的杀人动机。凶手一定有十足的把握能够在杀死一郎之后得到总一郎的承认。而聪次和谷口惠子，只要财川总一郎有一个儿女，他们就将得不到继承权。

所以，开始时，水木认为以上两人有可能是杀害一郎的凶手。可是看起来，他们并没有意识到水木是替身。当然，这可以认为他们是伪装的。要是那样，退一万步说，如果他们是凶手，他们必须拿出充分的证据，证明水木是替身。如果做不到这一点，无法揭穿水木，那么他们就达不到杀死一郎的目的了。再说，假设他们是凶手，如何解释一郎临死所做的手势呢？无论怎么说，“V”也不能暗示聪次和谷口惠子呀。另外，那个暗示是表示“2”呢？也难以解释是暗示他们的。

既然如此，如果一郎的手势是表示“2”，那很可能是指凶手是2号（注：2号在日本暗指不公开的妾），或是其子女，或是母子同谋杀死一郎。虽然他（她）不杀死一郎，也能获得她们那一份继承权，但他（她）可能想，杀死一郎，独占继承权吧。

可是就在这时，水木突然冒出来了。使凶手眼看就要独吞财产的机会丢失了。尽管如此，他（她）还有一种优于聪次和谷口惠子的条件，即只要放弃独吞的欲望，不必剥下水木的画皮，也能得到相当于水木所得到的一半的财产，其前提是必须获得承认。可是，在水木面前要求承认，就等于承认自己是杀害一郎的凶手，因此，凶手必须使用一切手段把水木揭露出来，这不仅是为了独吞财产，也是为了自身的安全。

他（她）是要和水木决一死战的。但没有关键的证据。他（她）焦急得如同热锅上的蚂蚁，想杀死一郎之后，马上就得到总一郎的承认。

当然，在总一郎死后，他（她）可以向法院起诉，要求确认总一郎和他（她）的父子（女）关系。可是，必须提供足以证明其父子（女）关系的证据，办理许多麻烦的手续。届时，说不定聪次和谷口惠子从中阻拦，尤其是双手沾着一郎鲜血的他（她），怕和法院这样的法律机关接触，弄不好被这样的机关嗅到自己犯罪的气味，那就糟了。

法院如果知道了他（她）杀死了顺位继承人，那么，他

（她）将马上失去继承资格，这样一来，不仅失去了杀死一郎的意义，自己反遭杀身之祸。

因而，在总一郎还活着的时候，只要得到他的承认，就能获得财产继承权。这是最简单的办法。

采用这种办法，聪次和谷口也无法阻拦。现在，总一郎虽然初步恢复健康，但是不知在什么时候会因脑溢血病发作而溘然长逝。所以凶手当然急于要总一郎马上承认其父子（女）关系；可是没想到，水木竟然冒充被杀死的一郎出现在财川家。由于水木知道凶手为什么杀死一郎，因而凶手在水木面前去求得总一郎的承认是危险的。

所以，凶手为了避免遭受哪怕一点儿嫌疑而慎之又慎。对于他（她）来说，最好的办法是把杀害一郎的罪责推到水木身上，然后名正言顺地求得总一郎的承认，以独占他的庞大财产。

“但是，我不能让他（她）得逞。”

水木又一次对着看不见的敌人发誓道。

虽然可以认为总一郎有不公开的情人，但是在年老体衰多病的现在，能否和情人发生两性关系，值得怀疑。他恐怕已经失去男性的机能了。

但是，杀死一郎的凶手显然有十足的信心，取代被害者。是什么因素支撑着他这种信心呢？难道他和总一郎保持着亲密的联系吗？尽管现在总一郎已经无法进行性的活动，但是他心里清楚哪个情妇生的孩子是自己的子女。因此，作为他的这个子女的凶手，随时都能得到他的承认。是不是正是因为总一郎的钟爱，使他（她）恃宠行凶呢？

“另外，又有这种可能性。”

水木又想道：总一郎虽然从内心里喜欢情妇所生的子女，但为了避免财产继承问题的复杂化，不予承认，只是赠送给他

（她）相应的财产。

可是在凶手看来，这些和得到承认后所得到的遗产相比，少得多了。因而他（她）想，如果一郎突然死去，总一郎一定出于骨肉之情，承认他那不公开的子女。

“如果这样，总一郎和凶手母子（女）之间，一定保持秘密联系呀。”

“可是如今，总一郎如同活死人，整天待在宅邸里。”

“对了，他们之间一定有座桥。”

“探听情妇和其子女的情况，每个月送给他们生活费，这并非光靠电话所能完成的。一定有一个人，作为总一郎的助手，往返于他和凶手母子（女）之间。

“作为联络员的这个人，一定是在总一郎的身边。是谁呢？一定是一个对总一郎忠心耿耿守口如瓶的人。”

这样一想，水木的脑海里又浮现出第一次走进总一郎宅邸的情景：他按了门铃之后，许久，一个年迈的老妇人，打开小门的窗户，用一双怀疑的眼睛望着他。她是在财川家十多年的老女佣，名叫阿松，是多津子极为警戒的对手。

“对了，是那个老太婆。”

在财川总一郎身旁，再也没有人比阿松对总一郎更忠实可靠的了。她一定是凶手和总一郎之间的桥梁。

“眼下，要监视阿松，看她有什么动静。”

水木觉得自己终于找到了线索。虽然不能肯定阿松就是总一郎和凶手母子（女）之间的联络员，但很有必要监视住她。

水木没有把自己的想法告诉多津子。

2

突然，又发生了一件意料不到的事。水木被邀请参加公司一个职员的结婚仪式。本来，他不想参加，但是新郎是一直关照水木的大桥总务部长的亲属，谷口敏胜夫妇又是新婚夫妇的媒人，因而水木无法拒绝。而且，多津子也被邀请参加酒宴。

结婚仪式按照老套仪式进行，显得十分平淡。紧张的只是新郎、新娘和被指名致祝词的人。水木也被指名发表谈话，但他巧妙地拒绝了。

酒宴即将结束。水木没吃什么菜，但他又感到，什么都不沾口有负厨师一番功夫，于是形式上吃了一点儿菜。

酒宴中最受欢迎而被一扫而光的是色拉，因为在油腻的西餐中，色拉吃起来感觉清淡可口。

宴会结束，水木和多津子从会场走到休息厅，小歇片刻。这时，完成媒妁大任的谷口惠子忸忸怩怩地走了过来。

惠子生性最喜欢这种热闹场合，而且今天又担任媒人，因而显得格外兴奋。

水木他们低下头，不愿让她看到。

“哎呀，是一郎和多津子。多津子什么时候看起来都是这样漂亮。”

惠子眼快，一下子就看到他们，快步走了过来。水木他们本来不愿意和饶舌的惠子搭话，但被她看到，不能不理。他们后悔不该在这样的时候走到休息厅来。

“姑母，您总是那么能说会道。”

多津子言不由衷地说。

“我不能在这里大声说，实际上我是不想让多津子坐到主宾席上的呀。”

惠子故意装着看看四周，压低声音道。

“为什么？姑妈？”

“你还不知道？你坐在那样重要的位置，新娘就显得逊色了。”

“姑妈，你……”

多津子故意轻轻地推了推惠子。这种动作显得她们之间无拘无束，没有任何隔阂。

但是，的确如惠子所说，多津子身着普通黑色礼服，虽然稍稍掩盖了她那少妇的风韵，但却产生了一种妩媚的娇态。

水木虽然知道这漂亮少妇内心的阴险毒辣，但深感自己经不起她的诱惑。

“是吗？一郎？”和多津子闹了一阵的惠子，突然转过脸来问水木。

“嗯，好久不见了。”被惠子猛地一问，水木慌张地所答非所问地答道。

“你说什么？我们前几天不是刚刚见了面？”惠子笑道，“可是，一郎，你什么时候开始喜欢吃西红柿了！”

“西红柿？”

“刚才和烤菜一起端上来的西红柿色拉，你吃得那么津津有味。”

“呀！”

水木想起来了，他刚才因为闻到肉的气味而感到难受时，吃了色拉。但这又怎么了？

“你原来是不吃西红柿的。记得你小时候有一次吃了西红柿，肚子疼了一大阵。之后，好象得了西红柿过敏症，虽然不是西红柿的直接原因，可你一吃西红柿就难受，甚至一见到西红柿，脸色就变。”

水木听着听着，脸唰地变白了。一郎这样重要的特点，多津子为什么没告诉他？以至于今天在惠子眼前，大口大口地吃起了西红柿。

“我吓了一跳。一时，甚至以为是另一个人坐在你的位子上。你一定是到了美国之后改变了嗜好的吧？”惠子说。

“是啊，他是到了国外以后，才开始吃西红柿的，现在变得越来越喜欢吃了。”多津子立即补充道。

“是吧，你太太训练有素，竟使丈夫那样顽固的习性也改变了。我也要向多津子学一学呀。好了，你们有空，到我家去玩儿吧。”

惠子把自己要说的话说完之后，走了。她又找新的谈话伙伴去了。

看到惠子走后，水木松了一口气，带着责备的口气问多津子：

“喂，这么重要的事你为什么不告诉我？吓得我直冒冷汗。”

“我也不知道呀，一郎是吃西红柿的呀。”

“那么，惠子是用话来套我们了？”

如果这样，水木他们真的被她套出了话。

“我想，惠子不会耍这种把戏，她说的一定是真话。”

“可是，你又说一郎是吃西红柿的。”

“我不是说了吗？他是到美国之后才改变嗜好的。”

“可是，那么严重的过敏症，能不治自愈吗？”

“我过去曾听医生说过，人们对食物的过敏症，其主要原因往往不在于其体质，而在于以前吃了食物引起中毒和腹疼留下恐怖和嫌恶的回忆的缘故。因为是心理的原因，所以能随着环境的改变而消失。如果一郎活着，那大概只能对日本的西红柿产生过敏吧。”

“日本的西红柿？有这样的事?”

“一定是的。我的确不知道一郎有那种过敏症。人的一切是复杂的呀。”

“惠子会把今天的事告诉谷口吗?”

“告诉了也没关系，因为人的嗜好可以改变的嘛。”

“不过，今天的事是一个教训。今后，我尽可能避免在人前吃吃喝喝。”

“不仅是吃喝，还有体育、赌博等带嗜好性的活动。另外，不要让人乘坐你开的车，说不定你会因开车的动作而被人识破的，你最好别动车了。”

“也就是说，所有娱乐活动都被取消了?”

“这是暂时的。你将会一点儿一点儿地取代一郎的。人的癖好和体质是不断地改变的。你决不能焦急!”

“知道了。”

水木点头称是。有些方面，多津子也不了解的一郎，今后他是否能表演好，她略感不安。

3

搜索发现柴崎尸体现场的警察在尸体旁边发现了一个宽 2 厘米、长 4 厘米的金属薄片。金属薄片上刻着几个阿拉伯数字和英文。

“这是什么东西呢?”

“好像是铁柜抽屉的钥匙。”

“上面刻的什么字?”

“TOKYO（东京）ROYAL（壮大的意思）是什么意思呢?”

“好像是饭店的名字，有个叫‘东京大饭店’的饭店。”

“可能是那个饭店，可是这要是钥匙，好像太小了。”

“是物品寄存柜的钥匙，是供外来的客人一时寄存携带物品的铁柜钥匙吧。”

“对，一定是那钥匙。”

“要是那种钥匙，似应有一个标志牌。可是，怎么看也是普通的钥匙。”

“不管怎么样，先向东京大饭店调查一下。”

听取搜查警察的意见之后，警视本厅的草场刑事和蒲田署的入江刑事来到东京大饭店。

这个钥匙究竟和柴崎的尸体有无关系，现在尚且不知。但它丢在现场柴崎尸体旁，这个事实，绝不可忽视。

东京大饭店，位于千代田区平河町的高台上，这个饭店的某种钥匙却掉到大田区蒲田发现尸体的现场。

是被害者身上的东西，还是凶手带来的，或者是被害者在别的地方被杀，这个小东西和尸体一起被带到这里来的？如果这里不是杀人的现场，那么这个案件就不像当初判断的那样简单了。

两位刑事继续进行调查。

他们询问了东京大饭店，得知金属片是这家饭店为雨天的来客而设立的自动存伞架的钥匙。客人把雨伞放进正面大门旁边存伞架的金属框内，拔出金属片钥匙后，框子就夹住了雨伞。

“金属片钥匙少了很多，因为有时雨停住或什么原因，客人忘记取走伞，而把钥匙随身带走了。”

门卫班长回答刑事道。

“那么，相当于被带走钥匙的雨伞留在这里了？”

“那也未必。比如有些爱好搜集钥匙的客人，偷偷地把钥匙拔下来带走了。这使我们很伤脑筋。”

“那怎么处理留下的雨伞呢?”

“我们代管一个月以后，如果还没有人来取，就交给所辖署。”

对客人遗失在饭店等建筑物内的物品，须根据遗失物品法所规定的繁琐条例处理。可是对雨伞这样不重要的东西，可以采用简便的方法。

“那么请问，放在这把钥匙的框里的雨伞呢?”

“请稍等一会儿，我去看一下。”

门卫班长走进寄存室后，不一会儿，拿出一把女式雨伞。

“有，就是这一把。是昨晚放在这里的。”

“怎么?”

刑事们愕然一惊，面面相觑。柴崎的尸体是在今早发现的，也就是昨晚把钥匙放在这儿的女人（从雨伞上判断）很有可能接触了柴崎!

“你知道放雨伞的是什么样的女人吗?”

刑事急切地问道。

门卫摇摇头。

“不知道是什么人了?”

“大概不是住在饭店的客人。他们有的是来和住客见面的，有的是来参加宴会或用餐的。”

“那就是说，无法寻找了?”

但是刑事们还没有失去希望，因为有可能从伞柄找到伞的主人。这是一把高级的晴雨天两用折叠伞，伞面是印着玫瑰花的天蓝色丝布的，伞架是由十四根白骨组成的。

由某种动物的角制成的伞柄上，刻着“银座索希埃特”几个字。

“因为是高级品，调查其出售的商店，或许能问出其买主来。”

刑事们的希望油然而生。据了解，“索希埃特”是银座深雪街的一间妇女高级服饰品商店。刑事们向东京大饭店说明了事情原委后，要了雨伞，径自赶到那个商店。

但是希望落空了。这种雨伞，虽则是价值一万元的昂贵的高档商品，但因为样式新颖，极得爱摩登的年轻妇女的喜爱，十分畅销，因而店员无法记住买伞的顾客。

线索一下子断了。虽然怀疑雨伞的主人和案件有关系，但是刑事们无法找到她。

两位刑事怀着一种徒劳感茫然地漫步在午后阳光明媚但行人稀少的银座街道上。

4

水木打算监视阿松，但自己不能直接行动，也不能使用多津子。在一段时间内，水木不想让她知道自己已经盯上了阿松。

唯一的办法是雇第三者。水木决定利用私立侦探。在受委托进行调查的行业中，兴信所和私立侦探的行当有微妙的差别。前者主要受委托对企业的信用调查、雇佣情况调查、市场情况调查等，而后者最得意的是受委托调查私人。这是水木在当流氓时，听同伴们讲的。

当然，兴信所的业务中也包括调查私人。但因为它的顾客多为企业，因而在这方面比起以刨根问底地调查私人为专业的私立侦探来，显得不那么细致，不那么详细了。

水木所要求的是：严密尾跟阿松，以侦察出她会见什么人。这样的事，当然委托私立侦探为好。

但是，从规模来说，兴信所具有企业结构，具有办公室，拥有若干工作人员，而多数私立侦探只有简陋房间一个，安一桌、一椅、一电话。使用他们，随时有被出卖的危险。

水木经过多方了解，终于选中了一个私立侦探。这家规模较大，有完备的办公室，拥有多数工作人员。而且它颇守信用，多次被报刊所报道。水木想，这样的私立侦探大概不会出卖委托人吧。于是他决定委托他们，尽管心里有些没底，虽说名字不一样，但经营内容和兴信所恐怕没有多大差别。

水木委托私立侦探进行调查时，伪造了姓名和住所，并说由自己向对方联系。

听完委托后，对方斜着头，为难地说：调查内容并不困难，只是可能要花相当长时间，而水木却要求作为“超特急”的事，进行调查。

“据您说，被调查人一直待在家中。我们只能等待她外出时才能尾跟。不过，她一旦出了门，我们的调查就能搞出眉目来。”

这个看来相当老练的侦探说。因为平常不外出的人，偶尔一出外，就直往目的地。

“既然如此，那也没办法。不过，希望能当作紧迫事项处理。”

“请放心。不过，除了规定的调查费以外，在我们需要出差时，您还要付交通住宿费。费用方面，尽可放心。现在先付十万元，以后，无论需要多少，本人照付。我每天会和你们联系的。”

水木看了调查费用表以后，预付了比规定款目多得多的款。

对方毫无疑虑地接受了他的委托。看来，隐瞒身份要求委托调查的人很多。

一个星期过去了。私人侦探方面毫无收获。据说阿松一直待在家中，寸步不离。水木不得不作好打持久战的准备。虽然他知道，持久战对敌我双方都不利。但不弄清敌人是谁，从自己方面来说，无法大打出手。

很明显，总一郎和女人之间性的接触已经停止，所以阿松很少为他们穿针引线，她大概隔一个月或几个月受命去他情妇家吧。再说这种定期联络不过是水木的猜测，还不知道是否存在。

即便真的有这种定期联络，如果上一次刚结束，那么，还必须等待一个相当长的时间吧！

“因而不要说超特急，可能是超慢行呢。”

水木竭力控制住自己的焦躁情绪，苦笑道。尽管如此，他也无法责难私立侦探。

第七章　珍珠的诱惑

1

另一方面，在公司里，水木和神川美佐子的关系迅速地变得亲近起来。水木为了能见到美佐子，尽管公司里并没有特别需要他处理的事，他也要以已经适应了环境和工作为理由，每天上班。

对此，多津子并不怀疑和加以拦阻。

特训已经结束，多津子该教的已经教完。在麴町的公寓里，两人除了做爱外，无所事事。再说，他们已经度过了最初的最危险时期。诚然，难以断言以后不遇不测，但显然比过去安全多了。因而，在这种情况下，多津子觉得他每天上班多少有助于他尽快变成财川一郎。

事实上，上班时，神川美佐子能教给他有关财川商事的各种知识。这一点，多津子是力所不能及的。

美佐子进财川商事工作不到一年，但对公司的人事关系和企业状态非常了解。她考虑问题全面周到，具有非一般妇人所有的正确的判断力。并且她又毫无一般被认为是有知识的妇女所特有的矜持和冷淡。

但神川美佐子又绝不像多津子。多津子圆溜溜的眼睛里闪动着妖冶的光，而美佐子的眸子里有一种健康而明亮的神采。但因为这种神采使人觉得仿佛充满了一个谜似的，反而更富有挑逗男人的魅力。

美佐子对于水木所表现出来的欲望，持“未尝不可”的态度。当水木从她手里接过营业报告书之类的文件，若无其事地握住她的手时，她也并不抽回。有时，他用力地把她往自己怀里拉而遇到电话铃响了或有人敲门时，美佐子为了不使水木感到尴尬，只是轻轻地摆脱了他。

“神川君，你是怎么度过星期天的呀?”

最近，水木拐弯抹角地探问起她的私生活来了。

“没干什么事。整理房间，洗洗衣服，听听音乐，不知不觉地就度过了一天。”

“不和男朋友出去散步吗?”

“我还没有男朋友呢!”

“我不相信像你这样的漂亮姑娘，会没有男朋友?”

“可是，我确实没有男朋友呀。”

“看你这么认真的样子，我倒觉得奇怪了。”

“怎么您还不相信我呀?”

“这个星期六，你如果和我在一起，我就相信你。”

水木又毅然地迈出了一步。财川商事采取隔周五日上班制，这个星期六休息。现在约会为期过早，但水木无法抑制美佐子的魅力对自己的诱惑。他本来打算约星期天，只是无法编造借口瞒过多津子的理由。如果是星期六，就可以对她说，去公司上班。

“这个星期六吗?”

美佐子稍露为难神色，面颊上泛起红云。

“对吧，还是因为有男朋友，不好脱身吧。”

“不，不是的。”

“那么，为什么不能去呢?再说，我也并非要吃掉你，只不过想约你到什么地方吃顿饭罢了。”

本来他想带她到什么地方去玩儿，看到对方犹豫的样子以后，后退了一步。不管如何，制造两个人在一起的机会，这是一切的先决条件呀。

“那好，我去。虽然不巧，这个星期六我家里有客人。”

“来客人，你就不能出去吗?”

“可是，董事先生，您已经知道却……”

美佐子以一种幽怨的目光望着水木，此刻，这种目光甚至比多津子还妖媚。

“不过，我真不知道你家客人是谁?”

水木因为真不知道客人是谁，对美佐子谜一般的问话，感到迷惑不解了。

“是一个月来一次的客人。董事先生，您真坏，让一个女人把这样的话都说出来。”

美佐子低下头，脸变得更红了。水木不由地因惊讶而内心叫起苦来。这个姑娘并不像自己想象的那样简单，恐怕是“可怕的女人”吧。他觉得自己被美佐子的谜给套住了。

2

水木和神川美佐子订了约会时间以后，以别的适当借口查到了人事课职员的档案，知道她是去年四月到财川商事工作的。

双亲健在，其父神川佐太郎在建筑行业工作。她好像是独生女，没有兄弟姐妹，看来不会有什么可怕的地方。但是染指一个良家姑娘，并不像对一个烟花场中的女人似的轻巧，对方是一个中流家庭的独生女，盲目对她下手，是很危险的。即便本人同意，她的家庭也不肯罢休，搞不好被提出交付赔偿金，在这样关键的时刻，后果不堪设想。再说，事情一旦泄露，自己的“恶伙伴”多津子也不肯宽恕自己。但是，现在的水木正打着如意算盘。

多津子只不过是他实现计划前的伙伴而已，他绝不想把她当作妻子，和她一起过一辈子。她是知道水木是替身的人，即便查出并收拾了杀死一郎的凶手，只要有多津子在，水木就永远也变不成财川一郎。她只要存在一天，他就不要想掌握实现这个庞大计划的主动权。不，他甚至不得不为自己什么时候会被多津子干掉而提心吊胆。

因此，必须赶在她动手之前干掉她，迟早应该收拾掉这个伙伴。和她在一起，虽然实现了目标，但无法共同享受幸福。他们只能共苦，不能同甘。

除掉多津子之后，需要有一个能使自己幸福美满的伙伴——真正的妻子。水木把美佐子作为妻子的第一候选人。他预料美佐子能和自己一起共同生活下去。在家庭内，她一定能成为对丈夫温柔体贴，热心于育儿和家事的贤妻良母。在事业上，能在社交方面大放光彩，成为自己得力的辅佐者。

作为一个女人，多津子并不坏。她有魅力，但是，作为妻子，她是危险的。家庭对于男人来说，是一个安息的场所，妻子如果让丈夫感到危险，那么，这是夫妇生活的致命要害。因而，取得财川家亿万家产以后，必须要有美佐子这样令人感到放心的女人作为自己的妻子，而美佐子终究要结婚，她一定会同意。水木浮想联翩，激动不已。

但是，在干掉多津子和美佐子结婚之前，是一个危险的时期。在这期间，弄不好，引起神川家的骚乱，对自己极为不利。

因为还没有把美佐子搞到手，水木心往神驰，想入非非。

星期六，他们按约定的时间，在市中心东都饭店见面。美佐子身着素净方格花纹西服，她耳朵上垂着珍珠的耳环，脖子上套着的也是珍珠串起来的项链，和服装相配，浑然一体，十分协调。搭配少量装饰品而产生极佳的效果，充分表现了她那高雅的情趣。

“真是珍珠般的女人啊。”

水木心里想道。

对装饰品的态度，虽然同样是女人，多津子却喜欢昂贵华丽品。她不愿花时间去构思和编配象小粒的珍珠这样的东西，而想用一粒如宝石这样的装饰品见“输赢”。

两个女人性格之差异，从服饰上淋漓尽致地表现出来了。

水木之所以将约会地点选在市中心，是因为考虑万一被熟人撞见，也好借故掩饰。他们在饭店的最高层餐厅悠然地共餐。

最近，由于多津子的特训，水木也大胆地出入这样的公共场所了。

和美佐子约会的最大障碍无疑是多津子。她反对水木单独行动。让水木去公司上班，这是万不得已的事，但不让他随便上街，因为那样说不定会遇上一郎的旧相识。

在财川商事的公司内，甚至比别的公共场合更危险，因为曾经遇到过柴崎。在公司内如若遇到一郎的朋友。因为多津子不在身旁，水木一对一，就很难掩饰细节之差别。

另外，比起对方先向水木打招呼来，最令人担心的是对方注意了水木，而水木毫无反应，从而导致了对方的怀疑。

“到公司上班，非特殊情况，不得在公司内走来走去。否则说不定会遇到第二个柴崎呢。还有，在一段时间内，严禁和别的女人接触，你暂时就用我忍耐着吧，你应该感到满足了，本来，像你这样身分的人，是不能获得我这样的美味的，可以说癞蛤蟆吃上了天鹅肉。”

多津子不忘挖苦水木一番。可是，她暗地里以柴崎为对象，玩了那种“游戏”。

不管如何，最近，由于平安无事，多津子稍稍放松了警惕。水木单独外出时，她不像从前那样说三道四了，她已经习惯了他每天去公司上班。今天，他出门时，多津子还睡意蒙眬地躺在床上，只是说了句“星期六还上班呀”，就放心地让他出来了。

两个人慢吞吞地吃着，都感到很愉快。美佐子虽然拘谨，但不断提供新的话题，而不使谈话中断。

“我能当上常务董事先生的秘书，真感到高兴。”

饭后，吃着水果时，美佐子说。语调中充满了感情。水木问为什么，她回答道：

“我以前就喜欢常务董事先生了。”

“以前？可是我刚到财川商事啊？”

“今年春天，在公司职员和家属参加的招待会上，刚从美国回来的常务董事先生也带着太太出席了，当时，我非常羡慕太太。”

美佐子含情脉脉的地望着水木，大概喝了葡萄酒以后，她胆子大起来了。

“是吗？”

水木装作好像记不起很久以前的事似的。财川商事每年四月份要为职员和他们的家属举行一次联谊兼慰劳的招待会。今年，在都内饭店的庭园举行了游园会，这些，水木已经听多津子说了，可是他没有听说见到美佐子。

“我当时身体不舒服，在亭子里休息。您刚好从那里经过，不是还很和蔼地问我‘怎么啦’吗？”

水木本想回答：“是，是，记起来了。”以搪塞她，可是，他把话吞下去了。虽然他认为美佐子不至于说假话，但过于相信她，是危险的。如果她用这些话来套自己，自己倘若不小心，一下子就露出马脚来了。

“有那样的事吗？”

“太过分了，反正常务董事先生全不把我放在心上！”

美佐子撅着嘴道。这种含嗔娇态，令水木心醉，真想一下子搂抱住她。

“对不起，当时我还不认识你。”

“可是，我说头疼，您说，刚好有好药，就给了我。我吃了那镇疼药，果然很见效，头不疼了。难道这您也记不起来了吗？”

美佐子凝望着水木，这是一双清澈、迷人的眼睛。

“对不起，实在记不起来，因为当时见了许多人。”

水木说完，心中暗暗叫苦。倘若当时，一郎没有出席那个游园会，这一句话，不就自供自己是个替身吗？不过多津子在特训中好象说过，他们出席了那个会，再说此时美佐子表情没有变化。

即便这一句话说错了，也可以以记错了游园会为借口加以掩饰。从美佐子的表情看，她不像是在要诡计用话套水木。

“反正，我大概被人群吞进去了。”

她不追究了。不过，好像为自己没被一郎（水木）记住而感到遗憾。水木看出，美佐子早就对他怀有爱慕之心。

3

走出饭店，两个人长吁一声，松了一口气。

“我吓了一跳。真没想到，突然遇到专务先生。”

美佐子显出心有余悸的样子。她那么长时间跟着水木，说明她已经克服了羞怯心理，狠下了决心。

在水木巧妙的劝诱下，她提心吊胆地正要作有生以来的第一次尝试时，被谷口敏胜的背影阻拦住了。

决心越是重大和令她羞惭，她所受的恐惧也就越大。

“真的是谷口吗?”

“很像。如果是他，他大概是来干什么吧?”

“是啊。他大概看到我们了吧?”

这是水木最大的担心。如果，他和美佐子在账房登记房间时，被谷口看见了，那水木就没有托词可分辩了。

“看来不用担心，如果他见到我们，一定会打招呼的。”

美佐子的“担心”两字，有特殊的含义。这说明她有一种和水木同干不雅之事的犯罪意识。在水木的引诱下，即将迈进性的未开拓领域时，她有一种不安、犹豫和恐惧的心情。这些构成了她的犯罪意识。

“他没有同伴吧?”

“好像就一个人。”

“即便是他也无妨，我只不过想不让人家知道我们的约会罢了。”

水木自我安慰，而心里却在埋怨自己使用市中心的饭店是一个失算。和美佐子手携手走进饭店的房间，若被人撞见，是极为糟糕的事。

可是第一次约会美佐子，总不能把她带到偏僻的专为情侣使用的旅馆。之所以带她到这里，是因为这个饭店是一流饭店。

“太可惜了，仅一步之差，失掉了到手的美食。要是没遇见谷口这畜生……”

水木心里懊悔不已，暗自骂道。他用眼睛斜瞥着差一点儿搞到手的美佐子。

可是，因为受挫折，他没有勇气再找别的饭店了。再说，美佐子也不会同意。

水木决定等待时机，选择更为安全的场所，悄悄地尽情地品尝这个“尤物”。

他们走着走着，来到深雪街，这里商店鳞次栉比，货物琳琅满目。水木想，应该给美佐子买件什么东西。

“哎呀，下起雨来了。”

美佐子叫了一声，抬头望着天空。刚才阴沉沉的天空，突然变得乌黑，落下大粒的雨滴，雨越来越密，最后倾盆地倒下来。

星期六午后出来逛银座的人，叫苦不迭，拔腿四处躲避。

“不好了，怎么办？”

美佐子发出无可奈何的叫声。他们跑进一个高级服饰店避雨。

“正好可以在这里买把伞。”

“可是这个店里的东西非常贵。”

美佐子不愿因一时需要让水木破费。

“可是，伞是女性的重要装饰品呀。没有这个机会，我们也不会特地跑到这儿来买把伞，还是买把高级的吧。来，你挑一把喜欢的。”

“可是……”

“不必客气了。除了伞以外，如果还有别的喜欢的东西，也请开尊口。”

美佐子婉言谢绝。但水木执意要买，结果选中了一把有玫瑰花样的天蓝色晴雨天两用伞。

虽然还有价格更为昂贵的进口伞，但美佐子很喜欢这种。她说这已经很满足了，可是水木又硬给她买了一枚土耳其宝石的胸针和一件名设计师设计的连衣裙。

这三件东西，都很合乎她的趣味，其中看来她最喜欢两用伞。当他们买完东西走出店门时，雨已经变小了。

“你怎么总不打开伞呢?”

看到美佐子被小雨淋着，不打开伞，水木感到奇怪地问道。

“对不起，这样的伞被雨淋湿了，怪可惜的。”

“可是，这样买雨伞的意义就失去了。”

“下雨天，可以使用便宜的雨伞。这样小的雨，可以不用伞。”

“对你实在是没有办法呀。”

水木苦笑道。被雨淋着倒不要紧，不能和她同撑一把伞，他感到遗憾，可是一想她对自己赠送的礼品如此珍惜，心里又感到满意。

“瞧，那美丽的彩虹。”

美佐子抬头望着天空说。一道巨大的拱形的彩虹，横架在楼和楼之间的天空上，颜色越来越鲜艳，令过路的行人赞叹不已。

夏日无常的阵雨却能和太阳相协作，制造起这座五彩缤纷的桥梁。这座彩桥在人工造出的华丽的银座衬托下，宛如一个巨大的广告媒体。

不知什么时候，美佐子打开了伞。因为这时雨已经停止了。水木像入了迷似的，望着在银座的彩虹下旋转着印着玫瑰花的花伞的美佐子。

第八章　不露面的情人

1

一个星期后，私立侦探终于向水木报告说，第一份报告书已经写出来了，他立即赶往对方事务所。

到了那里以后，第一次承办委托的那个叫户波的侦探，递给他一份盖有“秘超特急”红印的信封。

“所有情况都写在这份报告书里。本人就是直接调查这件事的，您如有疑问之处，我可以解答。”

听完，水木心想，还是委托这样的私立侦探好啊。要是大规模的兴信所，承办委托的人和负责调查的人大概不是一个人，那样一来，无形中增加了知道秘密的人，因而泄密和被歪曲的可能性也随之增加。

拆开信封，里面是蓝色封面上印有私立侦探社名字的小合订本。翻开封面，薄薄的印第安纸上写着调查报告书。

——高谷松，八月二十日上午十一时三十分步行离开成城一号财川邸宅。十一时四十八分由成城学园车站坐上小田急快速列车到新宿下车后，改乘山手线列车，在原宿车站下车，十二时三十分左右，访问神宫前四段三区十八号“双叶公寓”六层六九七号的浅冈喜美枝（名义）。五分钟后离开。由原路，于十三时三十分左右返回家。

高谷松外出时，没有显出特别警惕尾行的样子。本人也间接地调查了浅冈喜美枝，年纪四十岁左右，无职业，住公寓时间为两年七个月，有一个女儿，时常来玩，现无特定关系的男性。

以上为报告书的主要内容。

“高谷松，即阿松，迄今她所访问的人只有浅冈喜美枝一人，她还有可能访问别的人。请问您的调查是否只限于她一个人，并且，您是否还要等待她访问别人时再调查，这一切，请您指示。第一次调查已告结束，您的预付金，除调查费和购买给被寻问人的礼物费用之外，还有剩余。”

水木读完报告书后，户波对他道。水木所委托的是：调查阿松是否接触外界的人，但不调查所接触人的身份。私立侦探是不根据独自的判断，超越受委托的调查范围进行调查的，甚至不受理委托人含糊其辞的或没有明确地表示委托的项目。每一个调查大项目和其调查范围是严格规定好了的，其调查费用视调查繁简而定。

“请务必调查浅冈喜美枝。浅冈喜美枝是否是她的真名？她的身份、经历、家庭社会关系，她是否和财川总一郎有特殊关系，说她有女儿，那么，她女儿现在何处，什么职业，生活环境如何？以上这些问题，都要彻底调查清楚。调查费用，无论多少，我将照付。”

“此外，还继续尾跟阿松吗？”

“当然还要继续尾跟她。因为她还有可能去见别的女人。可是，请问浅冈喜美枝大概是什么样的人?”

“我没有直接见过她。据公寓管理人和出入那个公寓的一个商人说，她是风骚犹存的半老徐娘，大家都说她年轻时是一个妓女。”

“你当然会注意严防她知道我委托你调查了。”

“这一点，请您放心。我们都是行家，不会干出这样笨拙的事。只是在以后这些调查过程中多少要冒些风险。”

“但绝对不可惊动她。让她产生警惕，就不好了。”

“真是难乎其难呀。但我尽力而为。我必须通过间接绕圈的方法进行调查，因此恐怕费时费钱呀。”

“费用方面不必多虑，只是时间方面要快!”

“难呀。但我争取就是了。希望您常联系。”

户波虽说难，但面带自信的微笑。

两天之后，水木就得到户波有关浅冈喜美枝的报告：

“调查比我预料得更难。没发现她和阿松之间有什么关系，居民区里也没有浅冈的户口登记本。浅冈喜美枝有可能是她的化名。”

户波带着一副一筹莫展的神情说。他不像一个星期以前那样显得那么自信了。

户波翻阅了居民区的住户登记簿，但簿里没有记载浅冈喜美枝的姓名。住户登记簿中有居民姓名，出生年月日，籍贯，入居住所时间等有关居民的记录，随着大量人口流入大都市，不断改变住所的人也越来越多，由于搬迁等种种原因，很多人都不愿意去登记。事实是，水木（以财川一郎的名义）本人就没有登记。在住户变动频繁的公寓，居民们也大都不交居民证。当向他们索取时，甚至有些人都记不清自己把居民证忘在什么地方了。

“你调查那个公寓了没有?”

“住宿契约书只记有以前的住所，可是去那里调查，被告知过去的住户中没有该人的名字，因而一时无法继续调查下去了。她现在的寓所是一个私人出租的公寓，谁有钱都可以住，因而住户中有许多人身份不明。”

“她女儿方面怎么样?”

“我在那里盯梢，这一段时间没有看见她女儿来，也没有别的来客。”

“你没有检查她的信件和包裹吗?”

“这非我力所能及的事。邮箱死死地钉在管理人办公室门前，我只能悄悄地去看了一下，拿不出来。如果被逮住，非得被当作偷窃犯或侵犯人权犯不可。”

“没有发现她和财川总一郎有什么关系吗?”

“没有。虽然未能发现她和总一郎有特定关系，但作为一个生活无依靠的独身女人，她的生活是过得相当富足的。”

“阿松方面，有没有新的动向?”

“除了那次去找浅冈喜美枝以后，没有走出家门一步。”

“那么，你下一步打算采取什么措施呢?”

“我将彻底监视或尾随浅冈，弄清有无来访问她的人，或她是否去访问别人。”

“也就是采用对付阿松那样的手段了?”

“是的。希望您放心，我绝不让她警觉。”

户波看出水木的担心以后，安慰他。

“她在现住所住了两年零七个月，而未申报临时户口，从这点看，其中必有奥妙之处。希望你继续监视下去。”

水木命令道。

2

之后，怪电话停止了一个阶段，但沉默不等于敌人屈服。敌人很可能在暗中布下什么圈套，这令水木他们感到坐卧不安。

不过，时间的推移对水木有利。通过全力的训练研究，他修正了原来“别扭”的地方，越发像财川一郎了。如果说当初人们可能因为他在举止上多少有不像的地方而对他有稍稍怀疑的话，那么，他的卓越表演已消除了他们的怀疑，对他深信不疑了。

冒牌货具有创造“新的真货”的功能。替身即便和真人多少有不同之处，但在扮演真人时，其个性特点是能取代真人的，替身人无形中变成了真人。

看不出总一郎，也看不出聪次、谷口以及所有的公司职员对水木有什么怀疑的样子。由于美佐子的帮助，他最近在公司俨然是一个派头十足的头面人物。另外，杀死柴崎的案件也似乎进入迷宫。

“你现在已经完全是财川一郎，我看我们可以登记结婚了！”

多津子催促他。

“不，现在登记，尚有危险。”

水木冷冷地回答。

“为什么？你居心叵测！是不想让我入籍，独吞财川家的财产吧？”

多津子对水木不断拖延登记时间，感到不安了。

“不要胡思乱想。我们还没弄清打怪电话的人是谁。他们很可能正窥视我们呢。在这时去登记，恰恰给他们一个可乘之机，他们如果鉴定我的签字笔迹，那我们就一切都完了。”

“你不是已经能很出色地模仿一郎的签字了吗?”

“但还没有信心。我们若无十足把握，就不能冒险!”

“你在公司里，不是也签字吗?”

“所有的签字，都用图章代替。好在日本的所有文件都可用图章。即便有的文件需要署名，但只要按上图章后，由别人代替署名也可以。”

多津子因为没上班，被他这样一解释，也无话反驳了。

“难道你认为我能干出那样缺德的事吗? 再不要胡思乱想了。我们已经是一心同体的夫妇，即便到地狱，也不能分开。没有你，我将一无所成。可是现在，切勿焦急，否则将悔之莫及。只要查出打怪电话的敌人，完全消除隐患以后，我们马上就去登记。那时，我们还要重新举行结婚仪式呢! 那不是一郎和你，而是水木时彦和你的结婚仪式。”

水木紧紧地搂着多津子，在她耳边这样低语了以后，多津子虽然没有完全消除疑虑，但也无可奈何地同意了他的话。她虽然是一个心地狠毒的坏女人，但身体被水木搂着，甜言蜜语一番后，完全失去了抵抗力。水木深深感到女人是一种“触感动物”。

另一方面，水木和美佐子的关系已经发展到接吻的程度了。美佐子最初以“这对太太不好”为理由加以抵抗，但被男人紧紧抱住，吻了嘴唇以后，她就有气无力地钻进他的怀里了。

之后，她虽然还因为羞惭而显得踌躇不安，但任凭水木贪吸芳唇了。在无人进办公室时，水木或自己走过去，或她过来时搂住她，就像小孩子吃水果糖似地饱吸着美佐子热乎乎的芳唇。

“我的嘴唇都麻了，要是有人突然走进来，我连涂口红的时间都没有。”

美佐子虽然这样说，但总是答应他的要求。可是，毕竟是在办公室，他不敢夺取她最终的东西。他有时因为感情冲动，而要采取那样的行动时，一直温顺的她一反常态，顽强地抵抗。

“在这样担心被人撞见的地方，我不愿意，我要在相应的场所才能把自己最初的东西奉送给您。”

水木认为可以相信她“最初的”话。水木也是第一次遇到处女的，因而觉得像野猫偷食似的，提心吊胆地享受一生大概只有这一次的美食，未免太可惜了，可是他总找不到“相应的场所”。

“常务董事先生，请带我到东京以外的地方去住一个晚上吧。在最近也行。只要离开东京，什么地方都可以，当然最好在依山傍水、风景秀丽的地方。”

美佐子请求说。这是她大胆的许诺。他理解她要离开东京的心情。那次在东都饭店差一点被好像是谷口的人撞见以后，她非常担心。

“好的，最近去一趟日光或箱根！”

水木下决心道。可是瞒着多津子离开东京，到外地住一个晚上，是极难做到的。没有相当的理由，多津子绝不同意他干这样担风险的事。若撒谎，又怕被她一下子识破。

在他们的目标没有实现之前，他是不能寻花宿柳的。多津子瞒着他搞的那种“游戏”，是以终究要杀死柴崎为目标的，因此属于绝对安全范围之内。

可是水木和美佐子在外边住一夜，把关系提高一级，是极其危险的。因为美佐子仅仅表示了对水木的好意，但很难说就能成为他实际目标的可靠的伙伴。

从感情上说，水木的确把她放在远比多津子近的位置。对于水木来说，未来的妻子倒不如说是美佐子，因而，他不是为了图一时的快乐，而是颇为认真地对待她的。可是这样一来，美佐子的存在，从根本上动摇了多津子的地位，她们之间无论在什么情况下，都水火不相容，成不了伙伴。

因此，尽管美佐子同意了他的要求，但他也迟迟无法付诸行动。

3

户波向水木递交了第三份报告。浅冈喜美枝终于外出了。据户波说，他第一次尾跟时，被她巧妙地甩掉了：在公共汽车开车时，她突然下车溜掉了。当然，这并非她注意到了户波，而是她出于警惕采取的行动。户波吃一堑，长一智，在她第二次外出时，由于有了准备，终于尾跟着她到最后落脚的地方。当然，这第二次，她依然十分警惕，不断地换了好几次车后，才到达她要去的地方。

“喜美枝以坂上君代的名字在东都饭店订了 2048 号房间。这是间双人房间，但无法调查有无同伴。我监视了那个房间相当长时间，好像没用，看来是间囮房。”

“囮房?”

“是男女秘密情事时所常采取的手段。他们故意订了这样一间屋子，引诱他人的注意，而实际则用别的房间。其实男人在别的房间等着她，他们只要错开进入房间的时间，就不容易被人发现。”

“那么也就是说，喜美枝去东都饭店，是为了和男人幽会了?”

“当然，否则她就不会用囮房了。”

“她为什么要如此小心谨慎呀? 她独身一人，看来既没有丈夫，又没有赖以生存的情夫?”

“我猜测她有不公开的情夫。她吃喝用相当讲究，此外，每个月还交十五万元的房租，这是一个无职业妇女力所不能及的。”

“那就是说，她瞒着情夫，和别的男人幽会了?”

她所依靠的情夫，最大的可能是财川总一郎。偶尔去探望她的女儿，看来是财川总一郎的私生女。她和别的男人的隐私一旦暴露出去，岂但失去生活来源，甚至使女儿所应得的那份财产的继承权也随之丢失。

她那种甚至达到神经质的警惕性，是有道理的。可是，她冒那么大的风险与那男人幽会，那男人究竟是谁呢?

“喜美枝既然暗中和男人幽会，那我一定尽快地调查出那男人是谁。”

户波这充满自信的话，激起了水木回忆的火花。

前不久，他和美佐子在东都饭店幽会时，仅一步之差，被一个人搅了好事。那人从背影看，的确像是谷口敏胜。

当然，如果是谷口，即便去东都饭店，也丝毫不足为奇，他有可能去用餐，或是去洽谈生意。

可是，水木觉得，他和浅冈喜美枝偷偷去同一饭店幽会男人，是否有什么联系?

“那个人或许就是谷口，如果是，他真是去洽谈生意的吗?”

“浅冈喜美枝也是去东都饭店，他们两个人之间是否有关系?”

东都饭店是东京屈指可数的大饭店。在这样顾客络绎不绝的饭店里，并且在不同的时间瞥见了两个人，在这种情况下，水木明知怀疑他们两人有关系，是荒唐的，但依然执着地把他们联系在一起。

谷口现年四十六岁，正当壮年，浅冈四十岁左右，虽然已过了女人丰韵之年，但风骚犹存。从年龄来说，他们是般配的。

如果他们之间有特殊关系，那么，这种关系对谷口来说，同样也是致命的危险。

谷口所偷的是现在虽处在恍惚状态，但仍是财川集团帝王的总一郎的情妇（还没有确认），而谷口的妻子惠子是总一郎的妹妹。如果事情泄露，谷口将被财川财团的“帝王”和其妹里外夹攻，不战自溃。

已爬上财川财团第三把交椅的（实际上第二把交椅）谷口，一旦触怒睡眠中的“帝王”，马上就要从交椅上滚下来。

擅长算计，被誉为“财川财团计算机”的谷口，敢冒如此之大的风险吗？大概不敢吧！

但是男女之间的关系，具有一种不可思议的魔力，难道能断言擅于算计的谷口就不被这种魔力所迷惑吗？

“我怀疑一个男人是浅冈喜美枝幽会的对象。说不定下一次他们还到东都饭店幽会，希望你调查那个男人，说不定，他们真有那么回事。”

水木又向户波发布新命令。

不出水木所料，一个星期以后，谷口和喜美枝又到东都饭店幽会。因为这次对男女双方都进行了尾跟，所以能发现他们两人果然在不同时间内走进一个房间。他们在一起欢度了将近两个小时以后，像互不相识似的，分别结了账，离开饭店。

谷口和喜美枝有特殊关系，这对水木来说是意外的事。

总一郎和喜美枝的关系，尚未调查出来，但从总一郎的忠实女仆阿松去探望喜美枝来看，他们之间必有什么关系。也许，是总一郎的第二号情妇、第三号情妇或第四号情妇。从她和总一郎有一个私生女这一点来看，无疑她是总一郎最为亲近的情妇。而谷口竟然偷了总一郎的情妇。

水木又联想到另一件事。一郎临死时所做的V手势，有可能是指他父亲的二号情妇浅冈喜美枝。一郎发现了她是父亲的情妇，因而在被暗算濒临死亡时，为了表示是被父亲的二号情妇杀死，而做出了V手势。

谷口既然和浅冈喜美枝沆瀣一气，当然知道一郎已死，因而也知道水木是一郎的替身，可是他却佯装不知，不动声色，这是令人费解的。谷口和惠子夫妇，在一郎死后，能得到一笔巨大的家产，他应该竭尽全力，撕破水木的假面具。可是他为什么无动于衷呢？

这是不是因为他和一郎的被杀有关系呢？一个娇太太无缚鸡之力的纤手，是难以将一个男人杀死的，谷口是不是帮助喜美枝行凶，或者他本人就是主犯呢？一郎好像是被钝器打中脑袋而死的，能够一击而给他以致命伤的，恐怕非女人所能做到。

“是谷口杀死一郎的吧？”

这种怀疑急速地从水木心中膨胀开来。可是随之他又产生一个令人费解的问题。一郎死了以后，财川总一郎的财产将由聪次和谷口的妻子惠子继承。可是，要是出现了财川总一郎的私生女，他们就将失去财产继承权了。从这方面看，谷口和喜美枝的女儿是势不两立的。也就是说，在继承遗产问题上，谷口和喜美枝也是对立的。难道他们仅仅是为了满足性欲而抱在一起？要是这样，对于两个人，尤其对谷口来说，他完全可以不必找财川总一郎的情妇，他满可以随便物色另外安全可靠且年轻漂亮的女人。然而现实中，精于算计的谷口却进行了这种危险的选择，这着实令人丈二和尚摸不着头脑。看来，他们不仅仅是为了满足性欲，而是因为有更深刻、微妙的“纽带”。再说，单靠一个女人，是无法杀死一郎的。

噢，还有怪电话的事呢。水木脑海里又跳出这件事来。

“对了，打怪电话的是男人。或许就是谷口，他改变声音给自己打的恐吓电话!”

总之，对于杀死一郎的凶手，水木已经有了线索。谷口和喜美枝暗中有两性关系，这是一个重大的事实。敌人已经朦朦胧胧地在自己面前呈现出他（她）的轮廓。

但是敌人还没有意识到水木已经注意到了他们。这使水木处于和敌人相对等的立场上。但是如何充分利用自己这个有利条件？以及如果查清谷口和喜美枝是杀害一郎的凶手，该对他们采用什么手段？水木一时茫然失措，不知如何是好。

4

水木决定还是将这件事告诉多津子。他不得不遗憾地承认，多津子在对付敌人方面，要比他奸猾得多。她大概能想出什么好点子来。

水木将自己已调查出谷口和喜美枝有特殊关系的事告诉了多津子。但隐瞒了他和美佐子一起在东都饭店见到谷口的事。

“哎呀，你太可怕了！你是什么时候瞒着我调查出这样的事？看来对你要重新估价了!”

多津子吃惊地问道。

“因为我总觉得阿松形迹可疑，所以间接地监视了她，想不到这样一来，发现了谷口和喜美枝的特殊关系。”

“你的着眼点不错，阿松受总一郎委托，给喜美枝送津贴费，喜美枝是总一郎的情人看来不会错的。谷口敢偷他的女人，相当有勇气呀。”

“不过，还没有最后确认……”。

“所以我要略施小计，使他们上当。”

“什么小计?”

“利用阿松来设置圈套，两个人如果中了圈套，那就说明他们是杀死一郎的凶手。”

“什么?”

“首先，以阿松的名义，威吓谷口，就说已经知道他和喜美枝的关系了。如果他想保守秘密，赶快送钱来……”

“妙哉!”

“我们目前还不知道为什么谷口和喜美枝共同杀死了一郎，但是有一点是清楚的，总一郎和喜美枝之间可能有一个儿女。喜美枝为了使自己的儿女获得总一郎的财产继承权，除了证明在怀孕这个孩子时和总一郎有两性关系以外，还要否定当时她和别的男人的两性关系。虽不知谷口和喜美枝的关系开始于何时，但她现在和别的男人有两性关系这一事实若被总一郎知道，其子女的继承权也要受到重大影响。”

听了这话，水木深感将此事告诉多津子做得好。在对付敌手方面，和多津子相比，自己望尘莫及。谷口受到威吓以后，一定会马上去找喜美枝商量，他们的关系一旦暴露，不单危及财产继承权，而且很自然地受嫌是杀害一郎的凶手。因而，误认为是阿松打电话的谷口他们，一定要封住阿松的嘴。在这种情况下，他们如果对阿松采取了什么行动，那就等于承认了他们是杀害一郎的凶手。

阿松这是个极为理想的人选。她处于最容易嗅到喜美枝和谷口秘密情事的位置，并且又是利欲熏心、心地不善的老太婆。从她到喜美枝家只待五分钟就匆匆离开这一点来看，他对喜美枝是没有好感的。只不过是因为主人的命令，她不得已跑了一趟喜美枝的家。

另外，对“水木夫妇”来说，阿松也是他们获得财产的障碍。她总以那双狐疑的眼睛，在他们身上扫来扫去。水木说不定在什么时候会被看着一郎从小长大的她识破呢。

因而，如能让谷口拔掉他们的眼中钉，实在是一箭双雕。水木不得不佩服多津子能在瞬间想出了这么个绝招儿。

第九章　纪念的反复

1

在这不久之前，谷口敏胜一到休息日，就到以伊豆网盐温泉力中心的东海岸地带。在那里，他拿着几张从各种角度拍摄的财川一郎的面部照片，频频向人们打听、寻问：

“这附近有没有和这照片相像的人?”

“最近，照片上的这个人到哪里去了?”

终于，在网盐温泉，他得到了答案。据聚集在网盐温泉车站门前的为旅馆招揽客人的人们告诉他，一个叫水木时彦的同行，和照片上的人一模一样。可是他在七月上旬，突然从这里消声匿迹了。

经过再三询问，谷口弄清水木失踪和一郎夫妇新婚旅行来网盐温泉竟是同一天。本来，从京滨方面来到网盐温泉的人，什么时候来又在什么时候离开，温泉镇的人全然不放在心上。因为温泉镇人来人往，络绎不绝，尤其像水木这样的流浪汉，看中这里，住上一阵之后，突然不见踪影，人们也不以为怪而将之作为话题的。

谷口打听到水木曾经住过的小屋。这个小屋，在水木失踪后，已被拆掉，盖了旅馆水木昔日生活的痕迹，被抹得一干二净了。

“好心把房子借给他住，可他竟然一声不吭地溜掉了，实在忘恩负义。最初，我们还觉得他可以给我们当个保镖，谁知他悄悄地开起什么‘裸体照片展览室’，像这样不干正经事儿的人走了，我们倒觉得松了一口气。”

大家七嘴八舌地说道。谷口了解到网盐温泉住着一个叫水木的和财川一郎长相相同的家伙，并且，他是在一郎夫妇前来新婚旅行的同时失踪的。随后，谷口又到分布在东海岸沿岸的另外几个旅游胜地去调查。

东海岸这些沿岸名胜，是度蜜月的最佳地点，也许会留有一郎夫妇旅行的足迹。然而，谷口一无所获。在这京滨方面的旅游团体和新婚夫妇乘旅游车络绎不绝前来观光的热闹场所，是无法寻找特定的两个人的足迹的。

谷口跑了几次，眼看要失望的时候，又来到网盐温泉以南二十公里处的一所热带植物园。巨大的温室中，种植着二百多种枝叶繁茂的热带植物，几只饲养的色彩绚烂的热带小鸟在带有浓厚南国风味的花丛和树梢枝头跳跃，啾啾鸣叫。

温室外，是濒临大海的望台。聚集在这里的照相师们正在招徕顾客。谷口无意中向一个照片展览窗望去。展览窗里面，象剧照一样展出的是照相师拍摄下的一些旅游者的照片。

照片都以海为背景，无新颖可谈。因为纯粹是为了做买卖，构图完全一样。其中大部分是新婚旅行的纪念照，还有一两张很惹人注目的全家福。

来旅游的客人全都自己带有相机，大概是照相师巧妙地劝诱他们拍下这些照片的。

“怎么样？客人，您也来拍一张吧？一个人照相更有意思呢。”

照相师打招呼道。谷口绝无照相之意，他来到这里是极为秘密的，根本不能请人拍什么纪念照。

他正想转身离开，就像浏览一本书时，突然被某一页某一点吸引住似的，他的视线投向展览窗的一张照片上了。

“先生，您是想拍照吧？拍完以后，您只要在植物园或是什么地方溜达一会儿，我就可以把照片洗好交给您。”

仿佛从谷口的态度中得到一线希望似的，照相师又热情地劝诱。

“拍一张也可以。不过，您能不能先告诉我这张照片是什么时候拍的？”

谷口指着橱窗中的那一张照片问道。这是一张全家福照片，年轻夫妇中间，是一个上幼儿园的小孩子在作怪相——一个随处可见的全家欢聚的情景。

“为什么呢？”

照相师好奇地问。

“噢，在这意想不到的地方见到了熟人的照片。”

“啊，是先生的熟人吗？从东京、关西方向来这植物园旅行的人很多，邂逅熟人是常有的事啊。”

照相师理解似地点点头。

“您还记得拍这张照片的时间吗？”

谷口抑制住因对方答非所问而产生的焦躁情绪，又问道。

“这张照片吗？请等一等。从前拍的照片，每张背面都有摄影时间。”

因为夹照片的橱窗很大，照相师很不愿意拉开玻璃，取出照片。

“我一定要买下这张照片！”

谷口从衣袋里掏出了一万元钱。

“可是，这不是卖的呀？”

照相师看了看一万元钱，又看了看谷口的脸。

“卖了，也没有什么特别不合适的吧？因为这是我久未见面的朋友，请您无论如何把照片卖给我。”

谷口看出照相师想得又不便接过这一万元钱，便硬塞进他手里道。

“我是不要的。”

照相师推辞道。

“方便的话，取下来让我看看。他是什么时候照的这张照片。”

“嗯，马上就可以知道了，不是太久的照片。”

照相师态度突然变得非常恭顺，他开始拉开橱窗。

“是七月十三日。”

“七月十三日！没写错吗？”

记忆被触动了的谷口，加强语气问道。

“照片背面写的是 7.13。不会有错，是七月十三日拍的。”

“今年七月十三日吗？”

“是的。”

“七月十三日，他们不该到这里来呀？”

“您说什么？”

听到谷口无意中的自言自语，照相师追问道。谷口从胸前口袋里抽出钢笔，递过去：

“没什么。劳驾，请您将您的住所、姓名写上，并标明：这张照片确实是于七月十三日照的。”

“可以，这像是证明书了。”

照相师脸上浮起迷惑不解的神色。他还是第一次听客人提出这样奇妙的要求。

“是的。这也许就是一份重要的证明。事实上，人们怀疑这一家六月末全家自杀了，可是从这照片看，他们在七月十三日还活着。要是这样，许多事情就和想象的不一样了。”

谷口又从口袋里抽出一张一万元钞票，在照相师面前一晃。

“是吗？要是这样，我很高兴为您写这样的证明。”

照相师生伯谷口变卦似的，慌忙接过钢笔。

——这张照片，确实是我于昭和四十×年七月十三日拍摄的，特此证明。静冈县贺茂郡网盐町三十×番地宇田川半次郎

照相师笔画潦草地写完，说道：“这样就可以了吧？”把照片和钢笔递给了谷口。

因为这是纪念照片，背景上有植物园的导游板，所以不必写明摄影场所。

“可以了。”谷口满意地点了点头。

2

谷口返回东京，迫不及待地给浅冈喜美枝挂了电话。

“抓到什么线索了吧？”

听到他那激动的声音，喜美枝油然产生一种期待，急切地问。

“我终于抓住他们的狐狸尾巴了。你现在能出来吗？”

“去哪儿？”

“还是东都饭店，1872 号房间。”

“好的。”

“注意不要被盯上!”

“没事，还没有人怀疑上我们吧。”

“可是要防止万一呀。快来吧，我知道他的底细了。”

三十分钟以后，喜美枝来了。

“他到底是谁呢?”

刚跨进房间，喜美枝便急不可待地问。以至连每次一见面先拥抱的习惯也忘记了。

“来，看看这个。”

谷口故意慢腾腾地拿出那张两万元买来的照片。

“什么? 这张照片?”

“仔细看看吧!”

“全都是不认识的人呀!”

“有一个我们都很熟悉的人嘛!”

谷口说道。喜美枝又一次凝视着照片，神色突然变得紧张起来。

“哈，你终于看出来了。是的，远远地站在这一家人斜后方的那一对，不是一郎和多津子吗?”

“是呀! 是偶然被拍进去的吧。”

“对。地点就像照片上导游板写的，是伊豆的海滨热带植物园。”

“可是，如果他们俩人曾经去过伊豆度蜜月，那么，被拍进去，就不足为怪了。”

“可是你看看照片背面。”

“背面?”

“看看那一行字。”

“字写得太潦草。什么……‘这张照片确实是我于昭和四十×年七月十三日拍摄的，特此证明。’”

"怎么样？你明白了吧？"

"如果说七月十三日……啊！"

喜美枝脸色突变。

"你知道这日期意味着什么？一郎夫妇是在十一日夜里新婚旅行归来，翌日即十二日，一郎，当然，是假一郎，初次到公司。可是，他们夫妇十三日又到了伊豆的热带植物园。从照片上他们向这边望的姿势，可以判断他们是使用三脚架在自拍照片，他们十一日回到东京，可十三日又到相同的地方去，这到底为什么？"

"是不是迷上了这个地方，又去了？"

"糊涂！有这样新婚旅行回来还没有去问候亲戚，就又旧地重游的夫妇吗？一定是有某种必要逼他们去的。"

"必要？什么必要？"

"我认为是这样。"

谷口晃动着照片。

"你瞧，他们穿着新婚旅行的服装。一定是他们糊里糊涂地没有拍下纪念照，回家以后才想起来。因而，在未拜访亲戚以前，又慌慌忙忙地回原地拍了纪念照。"

"这么说，他们让我们看的照片，是新婚旅行以后补照的了。"

"这两个家伙，根本就没有新婚旅行。"

"对啊。"

两个人对望一眼，笑了起来。

"可是，这张照片可以作为识别假一郎的证据吗？"

"很遗憾，仅仅这些还不够。"

"那么，你打算怎么办？"

"我打算将这照片复印一张，寄给一郎。那家伙一定会采取什么行动。”

“什么行动呢?”

“他可能到这个叫宇田川的照相师那里去，打听是谁买走了这张照片，如果是真一郎，就不会这样。”

“可是，这就暴露了照片是你买的。”

“不要紧。因为没有人知道我和你的关系，再说，作为姑父的我，对侄儿抱有怀疑，暗中进行调查，也没有什么可奇怪的吧?”

“不过，你还是尽量不露面为好。”

“没关系。我要在照片送给一郎之前，将宇田川收买过来。”

“可是，你刚才说查明了假一郎的真相，他到底是谁呢?”

“是一个住在网盐温泉地区的叫水木时彦的小流氓。我把一郎的照片给当地的人看，他们都说和水木一模一样。就在一郎夫妇到网盐温泉的那天夜里，这个水木突然失踪了，肯定是水木冒充一郎。”

“真有相貌完全相同的两个人呀!”

“真的，他们比双胞胎更相像，连我也分辨不清。”

“多津子也是同谋犯了。”

“当然，再相像，也不可能连夫妇生活的微妙细节都一致。难道那东西的尺寸都相同吗?”

“哎呀，你说的什么下流话!”

“怎么，到如今你还……”

“这张照片是多津子也是同谋犯的最好证明。”

“是一张有价值的照片。总之，从现在开始，我就要调查水木的经历。”

“要快! 总一郎不知什么时候要死去呢。”

“这一点我也很担心。仅仅因为怀疑而去告发他，反而会陷于被动，我们要拿到决定性的证据。再忍耐一段时间吧，我们既然已经认识了他的真面目了，那么，用不了多长时间我们就可以剥下他的画皮。”

“全靠你了。这可关系到总一郎的全部财产啊！”

“到时候，可别忘了给我应得的部分，我即使不靠你们，听之任之，作为总一郎的妹夫，也可以分得一份吧！”

“哟，你可不要这样！惠子又糊涂，又没有欲望，是个老好人，她的那一份财产说不定会被聪次占去呢；再说，她要知道了我们的关系，就要和你离婚了。”

“你这个女人呀……”

“我们都彼此彼此。所以虽然都成了老头子老太婆了，还能相爱呢！快点儿互相补充一下吧，时间已经不早了。”

两个男女像一对熟练的夫妇抱在一起……

第十章　阿松之死

1

两天之后的夜里，谷口意外地接到了喜美枝的电话。当谷口从仆人手里接过话筒，冷不防听到她的声音时，吃了一惊，这种事情过去从来没有过。

当然，她是托公寓管理人叫他接电话的。即使这样也是一种危险的举动。

“怎么了？你可从来没有直接给我家挂过电话呀！”

谷口虽然知道声音传不到妻子所在的里屋，但仍然用手遮住话筒，低声斥责。

“对不起，发生了大事啦！”

“什么了不起的事？”

“阿松好像嗅出我们之间的关系了！”

“什么？”

谷口禁不住喊了一声。阿松是总一郎的亲信，事情被她发现了，那是最危险的。

“你这么大声，行吗?”

“没关系，你详细告诉我好了。”

“今天，收到了阿松用快信寄来的恐吓信。说是她看到了我们在东都饭店 1872 号房间幽会，是否告诉东家，现在还犹豫不决呢。可是想在转告东家之前，找二位，即您和我到一个人所不知的地方商量商量。具体场所和时间，由我们决定好了以后通知她。”

“是阿松的笔迹吗?”

“阿松写的字我没见过，无法认出来，落款处写的是阿松的名字。喂，怎么办呢?”

谷口一时无法回答，突然面对如此困境，不知如何应付。他痛切地感到，此时，稍有失误，那么以前的苦劳都将化为泡影。

“喂，你看，怎么办好呢?”

喜美枝开始抽泣了。

“等一等，沉着一点儿。”

他虽然这样劝慰她，可自己也感到一阵一阵眩晕。

“怎么让阿松撞见了呢?我们是那么注意背后，甚至使用囮屋。可是……因为是一流饭店，与那种专供情人幽会的饭店不同，在屋子外是不易引起人怀疑的，可是如果在同一间屋子里被人撞见，就难以分辨了。事到如今，说这些也没用了，赶快商量对策吧。”

“那么怎么对付水木那方面呢?”

“现在谈不上他的事了。当务之急是封住阿松的口。阿松若和水木、多津子串在一起，可不得了啦!”

“那你打算怎么办呢?”

“我立刻开车出去接你。你在公寓前等我。我们边走边谈吧。”

“安全吗?”

“你说什么?”

“怕有人盯梢。”

“虽然有危险，但阿松既然已经知道了，我们改变旅馆也毫无意义了，不如在汽车中商谈，既方便又安全。”

“知道了，您尽快来吧，”

谷口放下电话，准备外出时，惠子走进来。

“怎么? 您又要出去?”

惠子问道。

“突然想起一件今天非办完不可的事儿。”

“您太辛苦了。早一点儿回家，别累坏身体!”

脾气好的惠子毫不怀疑地和佣人一起把谷口送出门外。

在公寓前的人行道旁，喜美枝正缩着脖子愁眉苦脸地等着谷口。谷口开着车从她面前通过，当确定旁边没有可疑的人和车时，离她不远的地方停住车。

喜美枝心领神会，她漫不经心地走过来，装着要走过去似地突然转过身低下头坐进车后座位。车马上开动，向原宿方向奔驰而去。

“把阿松的恐吓信给我!”

谷口望着后望镜中的喜美枝，把左手伸向后面。

“您开着车行吗?”

“放心好了，我放慢速度! 重要的是你要警惕后面有没有尾随的车!”

谷口一手小心地操纵着方向盘，极其迅速地看完阿松写的恐吓信。这是一封文字拙劣，文句似通不通的信，其内容如喜美枝电话中说的那样。

“阿松并未提出什么具体的要求啊。”

“所以才可怕嘛。我不明白她的真意。”

“说到阿松，她是一个贪得无厌的家伙，她可能会提出相当苛刻的条件。”

“相当苛刻的条件，指的是什么呢?”

“要求你所分得遗产的一半吧?”

“真的?”

“我们必须认真考虑一下，如何对付这老刁婆子。倘若她将我们的关系泄露给总一郎，我们的一切就都完了。更谈不上什么被承认和获得财产继承权的问题了。”

“是啊，她不会威胁一次就罢休的。您看这可怎么办好呢?”

“我本来不想这样干，可是看来没有别的办法了。”

谷口自言自语地说。

此时，汽车穿过山手线的架空陆桥，奔向内苑昏暗森林的边缘。

“不想这样干，您是说想干什么?”

喜美枝以恐惧的语气问。

“永远堵住阿松的口!”

“又要……”

“可是没有别的办法了，不然，我们就完了。”

意外地，前后左右都没有别的汽车。在夜的浓浓的黑暗中，只有他们汽车发出的马达声，这反而使车内显得更加寂静，令他们觉得汽车前方的黑暗就是地狱。

“回去吧，开到亮的地方去。我可受不了。”

喜美枝难以忍受，她说道。

“已经不能掉头了。”

谷口无情地回答。

2

阿松突然接到浅冈喜美枝的电话，不禁大吃一惊。她猜不出喜美枝为什么要打电话给她，她仅仅是定期给喜美枝送一次“津贴费”而已。

“我同意和你商谈。明天夜里十一点，我们把汽车开到财川宅邸附近去接你，请你出来等着。”

喜美枝突然说道。

“啊，到底有什么事情呀?”

阿松莫名其妙，可是对方含笑回答：

“就这样吧，现在不用客气了。你想要什么东西吧？我决定送给你。夜里你脱得开身吗？一个人出来时，务必不要让别人知道，这也是为了我们双方的利益。你在你们大门口等着不太好，旁边幼儿园角上有个信筒，请在那儿等我。好，就这样，明天夜里十一点，我去接你。”

喜美枝说完自己要说的话后，不给对方以反问的机会就放下了电话。阿松一点儿也不理解喜美枝的真实用意，但她听出来，大概是要给她什么东西吧？

“说是要给我什么东西，那么，不要白不要。”阿松心想。她唯一的乐趣，就是在临睡前瞧一瞧存折。阿松住在总一郎家，衣食用全由主人供给，自己花钱的机会很少，因而存折只存不支。总一郎得病精神恍惚之后，有时大概是算错了钱而一下给阿松很多小费，所以，其存款数量在最近急剧增加，马上就可突破一千万元大关了。

阿松在入睡之前，总要打开存折簿，像读情书一样，不止一次地用热切的目光望着那存款数额，然后，小心翼翼地将存折收入围腰。这样，她才能沉入梦乡。她觉得，那一千万元的存折使她睡得安然、香甜。

“我的宝贝，你快点儿越过一千万元吧！”

她抚摸着绣在围腰上的小老虎，想象着存款额达到一千万元时的喜悦，情不自禁地从她那没有牙的嘴里发出嘿嘿嘿的笑声。她不知不觉地睡着了。

总一郎责成她每月为喜美枝送当月的津贴费。她虽然每月充当他们俩人的桥梁，可是对喜美枝并无好感。

你喜美枝不就是个已不来往的“二号”吗？据说，是因为总一郎先失去了男性的机能，才使她免于差一点被免职，否则，可能就被别的年轻的女人取而代之了。

可是，喜美枝对自己的身份毫无自知之明，视阿松为自己的佣人。对此，阿松怒不可遏，一次，曾忍无可忍地讥讽她：

“一天到晚什么事也不干光玩儿，却可以得到如此多的钱，您真是很有福分的人哪！”

然而喜美枝平静地回答：

“那么，阿松你何乐而不为呀？养老院里或许能找到你的对象吧？”

当时，阿松差一点儿这样反击道：对不起，我不管多么落魄，也不想当人家的二号情人。可是，不管怎么说，她是东家的情人，尽管断绝了来往，但从依然关照她这一点来看，东家仍爱着她吧，可不能信口开河地乱说。

就是这个喜美枝，一反常态，虽不清楚她的意图，但她确实是说要给自己什么东西，大概是要对自己总是定期给她送津贴费而表示感谢吧。

到底要给我什么呢？阿松想打电话问喜美枝，然而又怕因自己冒失而使对方改变想法。

“不管如何，好像不是什么坏事。”

阿松眼前，闪动着使存款能够突破一千万元的金额数字。

“加上喜美枝给我的，明晚也许就要越过一千万了。”

陶醉在美妙的幻想中，阿松松弛的嘴唇一咧，笑了。

3

第二天晚十一时，阿松来到喜美枝指定的地点等待着。街角信筒附近，是街灯照耀不到的最暗的地方，从车站方向走来的行人的脚步声，到这一带之后，也都分散到各条小街和胡同里去了，周围没有一个人影。

传来了汽车马达的声音。不一会儿，一辆小汽车停在阿松的稍前方，车门开了，一个好像是喜美枝的影子在向阿松招手，气氛令人感到神秘。但在喜美枝美味钓饵的引诱下。阿松竟然毫无警惕。真所谓贪得无厌者粗心。

钻进汽车，阿松才发现驾驶席上坐着一个意想不到的人物。汽车在阿松钻进来的同时开动了。

“啊，是谷口先生！”

阿松不明白为什么谷口也坐在这里。然而，谷口和喜美枝却认为，阿松故作意外之态，正反映出阿松的阴险狡猾。

“你出来的时候，没有被人看见吧？”

喜美枝钉问道。

“谷口先生，您怎么在这儿呢？”

阿松仍没有从惊讶中清醒过来，她问道。对她来说，谷口也是主人。她实在理解不了，总一郎的妹婿为什么和喜美枝同乘一车。

“阿松，你既然来了，就不要装蒜了，你这个人的心地相当坏。”

“装蒜？心地相当坏？这是什么意思？”

“够了，我们还是开始谈判吧。你到底需要多少，请痛快地说出来。”

“我……”

阿松本来想回答：我不打算要什么。可是她发现，他们好像是在哪方面误会了。

那么，就利用这个机会，敲他们一笔竹杠吧。

“是要钱呢，还是想要别的东西？”

喜美枝催促道。

“那么，到底打算给我多少？”

阿松故意若无其事地问。她眼睛里闪动着狡黠的目光。

“我们不正是为了这个才和你商谈的吗？好了，不管你要多少，我都如数照付。”

喜美枝心中暗想，不管如何，她死到临头了。

“那么，请你先告诉我，你是如何知道我们的关系的？是通过兴信所吗？”

喜美枝为了不轻率行事，追问道。可是，阿松听了她的话后，如同被取下了蒙在眼睛上的黑布似的，恍然大悟。

“啊，原来如此，谷口和喜美枝搞上了。他们误以为我发现了他们的关系，想用钱堵住我的口。这可是个千载难逢的发财之机啊！”

她的脑筋迅速地转动起来。这样一来，我的要价就高了。一千万元的数字在脑海里闪烁着，天哪，也许存款数额能够成倍增加呢。

阿松的想法坚定了。

“我没有通过兴信所，只不过是在你后面盯的梢。”

"只你一个人吗?"

"当然是我一个人，这种难得的发财机会，难道能分给别人吗?"

"真是个探子！奸细！我一点儿也没有发现被你跟踪了。那么，给你多少钱你才不泄露出去呢?"

喜美枝确认除阿松外没有别人知道这个秘密后，通过后望镜与谷口相对望了一眼，默默地点了点头。

"我想一千万元也不算多吧？谷口先生和您的这种关系若被主人知道了，那可就全完了。"

"一千万元!"

喜美枝笑起来么，这与他们估计的金额恰好一样。

"我们给你。如果能保证我们现在和将来的幸福，我们出这些钱并不多。"

"当然，当然。"

阿松顺势不断点头。这个爱钱如命的老婆子，如今遇到千载难逢的机会，能使自己辛辛苦苦一点儿一点儿积攒起来的存款一下子增加一倍，欣喜若狂。因此，她丝毫没理会此刻汽车正快速向着没有灯光的黑暗深处驰去。

"可是，阿松。"

喜美枝无目的地说，她现在只不过是为了拖延时间。

"您说什么?"

阿松领悟到对方是要付给自己一千万元的大施主，语调变得恭敬起来。

"你可不能再提什么别的要求了，我们一次就付给你一千万元，希望仅此一次!"

"当然了，太太，我不是那种贪婪的人哪。"

说给她钱，她立刻就改称为太太，这个贪婪的狠心婆，等着瞧吧！喜美枝心中暗自说道。

“我想要得到你文字的保证书，保证你得到一千万元以后，一切罢休。仅仅口头保证，我们不放心。”

“请您放心好了！对于我来说，一千万元是一笔相当大的钱，得到这么多钱，就等于实现了我所有的愿望。我再也没有别的奢望了。”

“真的吗?”

“当然是真的。”

阿松生怕得不到这一千万元。汽车神不知鬼不觉地驰上了昏暗的堤坝，车窗外是宽阔平坦的河滩，河对岸，稀疏地闪烁着星星点点的灯火。

“你得到一千万元以后，就没有什么值得留恋的事儿了吗?”

“没有了。对于我来说，能得到那么多的钱就像做梦似的。”

“没什么留恋的。既然如此，你就去死吧，现在正是好机会!”

“啊!?”

阿松这才醒悟到有危险。可是已经迟了。喜美枝对后望镜努了努嘴，笑了一声，突然取出一根绳子套到阿松脖子上。车子吱的一声停住，刚才装着一心一意驾驶汽车的谷口，这时回过身来，迅速拉住套在阿松脖子上绳索的两头，使尽全力勒紧。

“这个保证才是最可靠的。这样一来，你绝对不能向任何人去说了。你再也不会说话了。现在，我们可以放心地支付多少钱都没关系。可是，你已经没有什么欲望了吧?对不起，本来我们不想对你下毒手，只因为你知道了不该知道的事，我们才不得不这样做。”

喜美枝说话的后一部分，已经不能传到阿松耳朵里去了。阿松的喉头软骨咯咯地碎裂，青筋暴露的手向着空中晃了两三下，无力地垂落下去。

“年纪大了，干坏事也缺个心眼。”

谷口松了一口气。

“为了保险起见，再勒一遍吧。”喜美枝慎重地提醒他。

“不用了，现在该把她扔掉了。”

“还是在河滩上找个地方埋掉吧。”

“不错，运到远处去太危险了。可是终归会被发现的，不过，可能变成骷髅后，被水冲进海里去。”

“快埋了吧。在这时候若是被人撞见，那就无法逃脱了！”

谷口抱着阿松的头部，喜美枝抱着脚，把尸体搬出车来。深夜，河滩上万籁俱寂，空无一人，映入眼帘的点点灯光，仿佛离这儿非常遥远。这一带的深夜，连情侣们也不来。

4

警视厅的通信指令室接到一位身份不明的人通过110打来的紧急报案电话：在狛江市区的多摩川河滩上，此刻有人正在掩埋尸体。尽管怀疑这可能是个恶作剧，但由于案情报告得如此具体，通信指令室便与当地所辖署及正在附近巡逻的巡逻车联系，责成他们迅速赶到现场。

首先赶到现场的巡逻车，果然发现了形迹可疑的一男一女正在河滩草丛中掩埋什么东西。这一男一女一受盘问就慌忙逃跑，警察紧追而上逮住了他们。然后，警察掘开他们刚刚掩埋好什么东西的地面一看，原来是一具刚被绞死的老年女性的尸体，于是，警察将这一案件报告给搜查第一科及鉴别科。

在现场抓到的杀人和遗弃尸体现行犯，那一男一女的身份马上就被查清：谷口敏胜和神川君代。谷口是财川集团的总帅

——财川总一郎的妹夫，被害者是侍候总一郎多年的女仆高谷松。警察们将调查的重点集中在杀人动机这一点上。

在警察严厉追问下，谷口供认了自己的犯罪动机。因为在杀人现场被抓，他完全死心了。

“二十多年前，当我还是大学生的时候，就与家住附近的神川君代相识并相爱了。因为我是学生，两家的家长不同意我们结婚，我们被强行拆散了。家父为了使我离开君代，让我到德国去留学。几年后，当我留学归来时，神川家已不知搬到什么地方去了。我还听说，君代在我出国后，离家出走，不知去向。我无从寻找，只得作罢。

“后来，我经别人介绍，认识了现在的妻子惠子，并和她结了婚。就在这时，邂逅已经成为我的内兄财川总一郎的情人的君代，我们的关系又复活了。当然，这种关系是极端危险的，必须绝对保密。倘若只要一次，被我的内兄或妻子发现，那我们的生活就要从根本上垮掉。我们虽然经常遇到一些意想不到的危险，但总算平安无事地度过了相当长的岁月。

“由于要冒如此之大的风险，我不止一次暗下决心与君代分手，但可能由于男女之间的所谓缘份吧，或者是因为我们过于纵欲，直到如今仍保持着这种关系，以至最近被阿松发现了。阿松是内兄的贴身女佣人，她贪得无厌，心术不端，嘴如快刀。她以为抓到了我们的致命点，写恐吓信，妄图向我们敲诈一千万元。实际上，这样的人要敲诈的远不止这些。她如此威胁着我们的安全，我们为了保全自己，出于无奈，杀了她。但我实在没想到这么快就被抓住，仿佛是警察在后面跟踪，实在令人不可思议。”

于是，审讯官告诉他，有一个身份不明的人打电话报案。

“什么？报案？”

谷口脸色唰的一下变白了。

“怎么样？你能猜到是谁吗？”

审讯官问道。尽管准确地向警察报案，使警察神速地逮住凶手，但因事情蹊跷，那不明身份的报案者令人感到形迹可疑。

谷口好像在沉思。一会儿，他抬起头：

“也许……”他喃喃地说道。

“也许，也许什么？”精明的审讯官追问。

“也许，这是一个圈套。”

谷口那空虚的目光仿佛捕捉到一个什么轮廓了。

“请你说详细一点儿。”

审讯官一阵紧张，调整了一下坐的姿势。

“实际上，我们发现了一个重大的事件。”

“重大的事件？”

审讯官从谷口的表情中悟到了他将要供出什么非同寻常的新情况。

“财川总一郎的儿子一郎，即现任财川商事常务董事的那个人，并不是真正的一郎。”

“我不理解你这话的意思。究竟是怎么回事？”

审讯官因为不知道财川家内部复杂的人事关系，听到谷口的话，感到莫名其妙，不知所云。

“就是说，财川总一郎的继承人是个冒牌货。”

“那么，真正的一郎到哪儿去丁？”

“我怀疑是被杀掉了。”

“被杀掉了？被谁杀掉的？”

“当然是现在的这个假一郎了。”

“可是替身不是轻易就当得成的。”

“这个替身长得和一郎如同一个模子里铸出来的似的，一模一样，连作为姑父的我也分辨不清了。”

“可是，骗不过父母兄弟及妻子吧？”

“一郎没有兄弟，母亲已病死，只有父亲总一郎一人，而总一郎又因发生了轻度脑溢血后得了恍惚症。至于亲戚，也只有他的叔叔聪次。姑姑——即我的妻子惠子。虽则是亲戚，我们不可能总见到他，因而无法辨认。”

“他没有妻子吗？”

“他的妻子多津子是同案犯。”

“你的话太令人难以理解了。到底谁是一郎的替身呢？”

审讯官的表情半信半疑。

“是网盐温泉地区一个叫水木时彦的流氓。据当地人说，水木与一郎极为相像。肯定是他杀了一郎，取而代之。”

“你有证据吗？”

“水木在一郎去网盐温泉旅行的那一天销声匿迹了。调查他的过去，肯定是能够找到证据的。”

“那么，一郎被杀的证据呢？”

“这个……”谷口语塞。

“发现一郎的尸体了吗？”

“水木一定把一郎的尸体藏到什么地方了。所以……”

“由此听之，就没有能够证明现在的一郎是冒牌货的证据了。其一，亲戚们谁也辨别不出；其二，没有发现真一郎的尸体……”

“这儿有一张照片。”

谷口象甩出一张王牌似的，将从热带植物园照相师那儿买来的纪念照片递了过去。

“这张照片能说明什么问题呢？”

"请您看看上面写的日期。"

谷口对惊讶地看着自己的审讯官讲述了有关摄影日期的矛盾之处。

"尽管如此，这也不能成为证明一郎是冒牌货的证据呀。新婚旅行结束之后，又一次去照纪念相，这不足为怪嘛，因为这可以解释为他们因新婚旅行恋情火热而忘记了拍照。若是照片中确实拍下冒名顶替者的什么特征，那另当别论，仅仅是摄影日期有偏差，这不说明什么问题。"

"那么请你们检查他的血液吧，那样马上就可以见分晓了。"

"岂有此理！仅仅凭这一点儿捕风捉影的情况，就能够强制他人检查血液吗？何况，你刚刚供认了自己的杀人罪行。作为一个杀人犯，在没有真凭实据的情况下，控告普通市民，并且还是一个有相当社会地位的人。这种控告是绝对靠不住的。"

审讯官训斥了一番后，谷口低下头。在有重大罪行的犯人中，确实有这样的人，他们抱着一种破罐破摔的心理，或者出于拉一个同伙的目的，诬告平日与自己不和的无辜好人。此刻，谷口被审讯官当作那样的人了。

但是，刚刚垂头丧气的谷口，这时仿佛下了什么决心似的，坚定地将视线投向审讯官。

"刑事先生！"

"什么事？"

看到谷口那副严肃的神情，审讯官预感到他将要吐出什么新情况了。

"我所以说现在的一郎是替身，是因为我有决定性的证据。"

"噢，什么证据？"

"实际上……"

谷口停顿了一下，喘一口气：

“因为杀死财川一郎的，是我!”

“什么?!”

审讯官仿佛突然挨了当头一棒。他完全没预料到犯人会供出另一个如此重大的罪行。但他拼命地控制住自己的惊讶和兴奋。

“不管如何，作为杀人现行犯被逮捕的我，社会生命已完结了。杀一个人和杀两个人，没有什么本质上的区别。我索性把所有的都说出来吧。我杀死了财川一郎，所以知道现在的这个一郎是个冒牌货，水木为了谋取财川家的财产，冒充一郎，钻进了财川家。”

“你按顺序说吧。你为什么要杀死财川一郎?”

“很倒霉。我和神川君代的关系被一郎知道了。我们在郊外旅馆幽会后出来时，不巧被也带着女人光顾这家旅馆的一郎撞见了。一郎已经知道君代是他父亲的情妇，因而这件事对于我和君代来说都是致命的。总一郎让君代以浅冈喜美枝的名义住在双叶，他们有一个叫作美佐子的女儿。君代渴望让总一郎承认美佐子，以取得财产继承权，可是，他若知道了我们的关系，美佐子就难以获得承认了。再说，我和总一郎的情妇发生关系，这也是不能被饶恕的。”

“一郎尽管知道了我们的关系，可是因为他也是带着未婚妻多津子以外的女人去旅馆鬼混，可能他也不希望我们把他的这件丑事传扬出去，所以保持缄默。另外，当时被多津子迷住的一郎，知道总一郎反对他与多津子结婚，因而更不愿被总一郎知道他眠花宿柳。再说一郎也怕这件事被多津子知道。可是，他究竟能保持沉默到什么时候，我们心中无数。因为美佐子一旦被总一郎承认为女儿，那么本来由一郎独占的继承权将被瓜分。所以说，绝不会把我们的秘密和他的普通风流韵事放在同一个天平上的。”

“就这样，君代和我决定在一郎还未讲出这件事的时候把他杀掉。之所以在他们新婚旅行的第一夜动手，其理由有二：第一，一郎有可能因为能和多津子结婚而高兴，向她泄露我们的秘密‘第二，多津子尚未入财川家的户籍。”

“不管他们举行多么盛大的结婚仪式，只要没进行结婚登记，他们的夫妻关系在法律上是不被承认的。因而女方也就没有作为配偶的财产继承权。在这样的时候，如果一郎死了，他的死不仅有助于美佐子获得承认，而且使本来由他独占的继承权全部移到美佐子身上。所以，杀死他，不仅可以保护我们的自身安全，还将给作为美佐子母亲的君代带来莫大的好处。我们已预先了解了一郎新婚旅行的日程，于是，就埋伏在网盐温泉，等待深夜将一郎诱出饭店。”

“我突然出现在一郎面前，对他说：‘因接待同行，到热海来了，顺便到你这里，在你们结婚之夜打搅你们了。’一郎并不怀疑。我又对他说，在他初夜之前带他到一个很有意思的地方去看看，一郎一听，就很高兴地跟我走了。他虽然胆小，但好奇心很强，因而陷进了我们没下的圈套。”

“来到一处无人的地方，我冷不防地从一郎背后用扳手猛击他的后脑勺。他惨叫一声，倒在地上，抽搐起来。这时，事先隐藏在这里的君代也跑了出来，我和她一起按住一郎，但一郎临死前的垂死挣扎非常凶猛，以致我们竟一时无法当场置他于死地。就在这时，传来了人的脚步声。我们怕在杀人现场被发现，无处可逃，但又不能将一郎就扔在那儿不管，就在进退两难之际，脚步声越来越近了，我们不得已将一郎拖逃草丛，等待行人过去再动手。没想到脚步声响到跟前时，已经奄奄一息了的一郎突然猛地用一股惊人的力量推开我们站了起来，像野兽那样吼叫着，向行人的方向跑去。那个行人可能被这黑暗中突然出现的情况吓坏，一溜烟地逃掉了。”

“我们慌忙去追赶，但一郎的身影已消失在黑暗中。他虽身负致命重伤，但由于想得救的本能驱使，竭尽全力地逃跑了。当然，他不可能跑得很远，但我们拼命地寻找，一直没能找到。我们不能长时间在那儿停留，因为一旦多津子发现一郎长时间不归而报案，那是非常危险的。”

“毫无疑问，一郎已处于意识不清的状态。我们乐观地认为，他即使被人发现，也不能说出是谁袭击了他。尽管如此，我们从现场逃跑出来以后的几天，直至确认一郎已死前，由于得不到他的确切消息，焦急得如同热锅上的蚂蚁。”

“但是，你们不是已经这样确认了吗?”

审讯官终于插了一句嘴。

“一郎即便没有死，因为负了那么重的伤，多津子肯定会来对我们说的。我们心情紧张地等待着，但她始终没有任何联系。我们也婉转地问总一郎，听说是一郎他们二人在网盐温泉的芙蓉馆住了一夜后，改变了预定计划，到别处旅行去了，也和家里断了联系。”

“君代和我大吃一惊。一郎肯定不能从芙蓉馆出发，一定是多津子隐瞒了事实，另有所图。可是，由于他们离开芙蓉馆后的踪迹无从寻觅，我们无法去侦察他们的动静。后来，新婚旅行的预定日期已过，一郎夫妇平安回来了，请想象一下，当时我们有多么吃惊吧！一郎精神焕发，毫无负过伤的样子。可这是根本不可能的呀！我清楚地记得，我手拿着扳子打碎了他的头盖骨。”

“不久以前负了那样的致命伤，即便幸免一死，也需长时间卧床接受治疗。可是，一郎不仅身体健康，返回东京后，还带着多津子问候亲戚们，并到公司上班。”

“我仿佛做了一场噩梦。然而，这不是梦，而是活生生的现实。因此，答案只有一个：现在的这个一郎是冒充的，作为一郎之妻的多津子理应知道全部秘密。”

“我为了确认，曾给他打了几次电话。他的反应也确实像个冒牌货。显然，在真一郎遭到我袭击之后，多津子为了保住自己的财产继承权，与碰巧遇到的住在附近的水木相勾结，让后者作了她丈夫的替身。真一郎恐怕已经死了，现在这个健康、神气十足的替身，就是最确实的证据。好了，刑事先生，您现在可以相信我的话了吧？”

“假设一郎已经死了，那么，他的尸体呢？”

“当然是被他的替身和多津子隐藏在哪儿了。”

“那么，你知道是哪儿吗？”

“我如果知道，早就揭穿他们了，因为这是能够证实他是冒牌货的决定证据。”

对于谷口意外的自供，究竟可以相信到什么程度，审讯官难以判断。他又审问了同案犯神川君代，得到了大致相同的供述。看来，他们的供词具有一定程度的可靠性。

然而，关键的证据即被害人一郎的尸体至今还没有被发现。因而，如果有人认为犯人在无中生有诬告他人，也是无法加以反驳的。

因而可以说在没有任何证据能够说明现在的财川一郎是冒牌的，仅凭杀人犯单方面的供述，是不能够强制人检查血液的。即便传呼嫌疑者，也得根据一定的具体情报，

但，警察们认为谷口与君代的供述有一定的具体内容，大概不是谎言。于是，决定秘密侦探一郎夫妇。

第十一章　对两个女人的选择

1

“怎么样？不出我所料吧？你拨了 110，警察就像我们雇佣的一样，把他们一下子抓住了。”

听到谷口和喜美枝被逮捕的消息，多津子得意扬扬地望着水木说。公司重要人物突然作为杀人嫌疑犯被抓了起来，引起了全公司上下的惊愕和骚动，可是多津子与水木冷眼旁观，暗中举杯庆贺。

“干得真漂亮！”

在处理这件事情上，水木对多津子佩服得五体投地。

“可是，想不到浅冈喜美枝原名神川君代，是你的秘书神川美佐子的生母，这太令人惊讶了。”

“我也感到突然。”

水木确实大吃一惊。已经与之相爱的美佐子，竟然是一郎的同父异母的妹妹，是自己财产继承权的唯一的竞争者。

“她一定是为了监视你的行动，才当你的秘书的。可是你厚颜无耻地迷上了她，什么秘密都被她探听去了吧。”

“没有的事！我详细调查了人事课，让美佐子来当我的秘书的是总一郎。他一定是让‘兄妹’在一起，他好关照吧。”

多津子怀疑起水木，水木慌忙反驳道。

“你说什么？你过于乐观了。也许是神川君代请求总一郎让美佐子到你身边工作的，美佐子在善良温柔的假面下，暗中收集证据以证明你是个冒牌货。”

“这不可能。”

水木喊道。这是发自心底的声音。美佐子和她母亲的阴谋毫无关系，她从内心对水木怀有好感，这种好感已经可以称之为爱情了。对此，水木确信不疑。

水木几乎已经得到了美佐子的一切。虽然没有能够像美佐子要求的那样，避开多津子的眼睛，到东京以外的地方度过一夜，以将她最后一件东西打上自己的烙印，但他们已经达成最终的了解。除了最后的仪式以外，美佐子已经忍住羞耻，听任水木用嘴唇和手指加以爱抚了。

女性同意男性做到这点，说明她已经倾心于水木。也就是说，美佐子不知道一郎是她的异母兄长。这不就是证明美佐子与她母亲的阴谋毫无关系的最好证据吗？

不管是多么坏的女人，也不能对有血缘关系的异母兄长作“模拟恋爱”。美佐子倾心于水木，是出于真情。但是，这件事不能对多津子讲。

“你为什么总是护着美佐子，真令人奇怪。”

多津子虽这样说，但并不像真的起了什么疑心，她正为了自己的料事如神而沾沾自喜。美佐子自从她母亲被捕以后一直没有上班，给她打电话也只是铃声空响，无人来接。

水木在人事课的公司职员名册中查出了美佐子的住址，悄悄地去找过她。但她家所有的窗户都关着，门也上了锁。自从神川君代出事以后，这一家人好像是出去旅行了。

水木从附近商人口中得知，事件发生之前，美佐子一直和住在这套房子里的老夫妇生活在一起。老夫妇可能是美佐子的外祖父、外祖母。女儿成为财川一总郎的情妇以后，老父亲不能原谅她，仅让外孙女美佐子留在身边。

水木后来又得知，美佐子还不知道为什么她母亲和她不住在一起，也不知道她母亲和总一郎的关系。

君代的老父亲，唯恐美佐子得知母亲的身份后受到刺激，所以一直不告诉美佐子她的生父是谁。君代也认为，在美佐子得到继承权以前，还是不让她知道内情，无忧无虑地生活为好。所以，一直对她说，她的父亲已经病死了。美佐子只是经常瞒着祖父母到母亲那里去。

“总之，这样一来，就彻底剥下了谷口和浅冈喜美枝，哦，不，神川君代的假面具。”

“可能是他们打来的怪电话吧?”

“肯定是他们。”

“那么，他们就是杀害一郎的凶手了?”

“没错。他们顶不住审讯员的审讯，会彻底坦白的。放心好了，危险的人物已经全被我们收拾了，快点儿让我入籍吧。”

“有一点我还不放心。如果谷口供认他们杀死了一郎，那就等于暴露了我是个替身了。”

“这不必担心，只要一郎的尸体不被发现，谷口随便怎么说，我们都不怕。”

“可是，警察也许会对我产生怀疑，因此，这时签字如果稍有破绽，就成为无法抹掉的证据了。还须冷静观察一段时间。”

“你相当谨慎呀!”

“我们好不容易才有了今天，可不能走错最后这一步棋，导致前功尽弃呀。”

“是呀，我们终于闯过来了。财川家的财产已唾手可得。一想到我即将成为财川家中的一员，兴奋得都头晕目眩了。”

“我们不能离婚了。”

“那还用说，命运使我们必须要白头偕老呀，这一点你要知道。”

多津子瞟了水木一眼，妩媚的目光中充满了无穷的欲望。

“如果让我看出来你想甩掉我，我可不饶你呀。现在，知道你是替身的，只有我一个人。”

“我为什么要甩掉你？你这么美，而且又给我带来这千载难逢的机会，用棒子打，我也离不开呀。这，你倒要注意呢！”

“我知道了呀。好了，搂着我。”

多津子露骨地挑逗道。

“当然了，我现在根本谈不上甩不甩开你。因为你不是我的什么人，既不是妻子，又不是情妇，这怎么能说甩开你呢？”

水木心中暗自说道，以一种不带有任何义务感的欲望搂住多津子那宛如熟透了的果实似的妖艳的身体。

2

事态有了意想不到的新发展。不知出于什么考虑，总一郎承认了美佐子。

谷口与君代现在正在接受检查官的审查。因为是杀人事件，所以，在规定的凶手拘留期间内，检察官在逃行最大限度的调查。

总一郎是在什么心情下承认美佐子的呢？周围的人们虽不

知详情，但推测，他可能觉得母亲作为杀人犯被逮捕起来的美佐子怪可怜的，就索性承认了她。

“这个老家伙，在我们最关键的时候，竟干出这样的糊涂事!”

多津子懊悔得捶胸顿足。美佐子被承认，意味着不能由一郎独占财川家的财产了。

“这样一来，我们搞掉谷口和君代不仅毫无意义，反而自寻烦恼了。”

“不能这么说。查清了杀害一郎的凶手，还是有意义的嘛。”水木劝慰道。

“我可不能简单地就此罢休。你想一想，如果美佐子不被承认，财川家的家产全部都是我的。光是可数的财产就有十几亿，加上账外资产，则将近一百亿。嫡生子与非嫡生子的继承财产的比例是2∶1，这样，美佐子就要从本由我们独占的财产里拿走三分之一，难道你不感到可惜吗?”

“可是，这毫无办法。因为是总一郎决定的。”

水木丝毫不为美佐子也继承一份遗产而难受。他已经爱上了美佐子，因而，对于总一郎承认美佐子，倒不如说反而感到高兴。况且，美佐子得到财产绝不会阻碍他们的幸福。在美佐子因母亲作为杀人犯被逮捕、心灵遭到巨大创伤的现在，得到亲生父亲的承认，无疑是一个极大的安慰。让美佐子得到一份继承权，就是父亲的赠品。

总一郎大概是出于这种考虑承认美佐子的吧。如果是这样，尽管患恍惚症，还远不能小看他!

另外，对水木来说，亿万财产是过于巨大了。他所继承财产的比例增加也好，减少也好，他都感觉无所谓。

水木非常想念美佐子。但是，自从承认的消息传开后，没有人知道她确切的住所。神川家仍门窗紧闭，美佐子还是不到公司上班。

总一郎肯定是知道的，但又不好去问他。虽说是自己的秘书，打听她的行踪是理所当然的，但由于心虚，水木不敢正面寻问。公司内，没有别人知道美佐子的去向。

谷口的垮台，还给水木带来一个不曾预料到的利益：谷口不在了，他的职务自动地转到水木身上。公司的组织机构是不讲情面的，它必须迅速弥补因失去谷口而造成的损失，于是，不以水木的意志为转移地使水木顶替了谷口，水木在公司内的地位瞬间倍增。

水木对财川商事的经营既无兴趣又无野心。但是，作为总一郎的继承人和谷口的后任，他的重要地位不允许他不精心经营。

他的周围老是聚集有很多人。取代谷口之后，他一跃成为公司第二号人物，而且在不远的将来，将成为公司总经理，即未来公司的第一把手。

水木是个聪明人。由于多津子的特训和从美佐子那里学来的如何当好公司领导人的学问，他能在突然一跃成为巨大公司的头面人物时挥洒自如地应付工作。

不过，他不能像以前那样，仅仅以“特邀”的身份来公司了。他一下子繁忙了起来。这对于他来说，与其说是得到了利益，倒不如说是使他处于进退维谷的境地。

美佐子被承认以后的数日，突然打电话到水木的办公室来了。当水木从新来秘书的手里接过电话听到渴望相见的美佐子声音时，他克制住内心的激动，问：

“你到底到哪儿去？发生了重大的事件，你心情大概很不好，这我知道，但是，不告诉我一声，就躲起来了，这未免太过分了吧！”

“对不起，常务先生。我每天都想给您打电话，但每次拿起话筒，又不由地放下了。”

“那为什么？为什么不和我联系呢？”

“我怕和常务先生讲话。”

“怕？怕我吗？你不见了以后，由于牵挂你，我每天都睡不好觉。你现在在哪儿呢？”

“我想见您一面，终于给您打电话了。您现在能出来吗？”

“好，我就去。在哪儿呢？”

“东都饭店的休息室里。”

“哦。二十分钟以后我就到那儿，一定等我！”

这时的水木，只是一心想见到美佐子，却没有想到一个重大的事实。

几天来，由于和美佐子完全断绝了联系，他对美佐子的思念反而变得更加强烈。所以，根本不能想到这个事实。见不到美佐子，他才切切实实地感到，自己已经深深地爱上了美佐子。

“今天，我要使美佐子成为我的人。她也一定是抱着这种愿望，才和我联系的。”

在急速驰往饭店的途中，水木那强烈的思念已变为占有美佐子肉体的欲望。而要得到她，水木就使自己站在一个重要的十字路口上。两条路，二者必择其一，而这一选择若有失误，则等待他的就是毁灭。

3

美佐子在东都饭店休息室一个角落里等待着水木。她一发现水木的身影，就像得救了似地站起跑了过来，而无暇顾及他人的目光。

“常务先生，我真想见您呀。”

她激动地喘息着。

“我也同样。”

要不是旁边有人，水木就要将美佐子拥抱在怀里了。

美佐子默默地跟随水木来到柜台前。水木心想，她把自己唤到这里来，也许下了最后的决心。水木要了一套双人房间，她也无异议，在旁边看着。

“房间要好了，走，我们去吧。”

水木拒绝了招待员的引导，对美佐子说。美佐子面露害羞之色，走进房间。终于，只是两个人在一起了。

“真叫人不放心啊，你到底到哪儿去了呢？”

水木搂抱着美佐子的身体，热切地低声耳语。

“对不起。常务先生已经听说了我的所有事情了吧？我原来也不知道，想不到我竟然是总经理的……另外，我的母亲……”

“还是先不说这个。只是，你为什么不和我联系呢？既不来公司，又不在家里，真叫人担心啊。”

“因为我很害怕，常务先生和我的关系一下子改变成这样了……”

“害怕？有什么害怕的？你母亲做的事情和你一点儿关系也没有嘛。我们还是和从前一样，今天，机会难得，现在，把你最后的都给我吧。我们早就该这样了。”

水木紧紧抱住美佐子微微颤抖着的身体，要吻她的嘴唇。

但是，过去一直十分温顺地任凭水木爱抚的美佐子，此时却摇着头拒绝了。

“怎么？为什么不允许了？”

水木焦急了。他原想现在已经可以摘取这颗甜美的果子。

"可是，我们已经不能这样做了。"美佐子悲伤地说。

"为什么?"

"还问为什么，我们是兄妹关系啊!"

啊！水木呻吟了一声。仿佛被人冷不防从背后刺了一刀似的。

"兄妹!"

他们成了兄妹关系，这是水木从未想到过的事情。他原来打算除掉不过是为达到不可告人的目的而一同进行罪恶谋划的伙伴多津子以后，让关佐子成为自己终身的生活伴侣。在不知道美佐子是同父异母妹妹之前，水木的计划是有一定的现实可能性的。但是，在君代和谷口中了水木与多津子设置的圈套，人们得知关佐子是总一郎的私生女以后，水木就不可能和美佐子结婚了。

水木要使自己变成真正的一郎，夺取财川亿万财产，就必须无情地放弃美佐子。因为一郎是美佐子的异母兄长，所以，不管水木多么爱她，也是不能和她结婚的。水木懊悔地感到自己在给谷口他们设置圈套之后，也同时跟着陷了进去。

"不是这么回事。我不是财川一郎，我是水木时彦。我不是你的哥哥，我们俩人是可以相亲相爱的。"

若这样对美佐子如实相告，就等于放弃了迄今自己处心积虑小心经营的谋取财川家产的计划。要是这样，那么自己为什么要杀死柴崎，而成为杀人凶手呢？又为什么要弄诡计，使谷口和君代杀死阿松呢？我不能为了得到美佐子而抛弃已经实现了百分之九十的计划呀！再说，多津子是绝对不允许我这样做的。

"常务，不，我还是叫您哥哥吧。我们已经不能够了。不管怎么相爱，我们已经无法终身在一起了!"

美佐子哭了起来。在倾诉爱情的同时也倾诉诀别之情，她是因为受这令人啼笑皆非的命运捉弄而哭泣的呀！

“你现在这样断言为时过早。我们肯定有办法的。”

看到美佐子悲痛欲绝，水木一时冲动，差一点儿把真情和盘托出。在即将失去美佐子的时刻，他才领悟到，没有美佐子，自己就无法生活——她已在自己心中深深扎下了根。

“有什么办法，我们绝望了。兄妹是无法相爱的呀！您该知道我为什么一直没和您联系。”

水木现在一心一意地想得到美佐子。过去他认为，女人是用金钱可以买到的玩具。水木和过去接触过的女性之间都不过是一种金钱关系。而现在，他愿用几十亿的财产去换得美佐子。水木甚至也不理解自己的这种心理。难道说，我从她那里除了求得肉体的满足以外，还追求别的什么吗？

对于男人的事业来说，最危险的莫过于追求女人肉体以外的东西了。事业和女人本来是水火不相容的呀。

追求女人的男人一时心血来潮也会把女人放在事业之上。只是当他仅追求女人的肉体时，待他的肉欲得到满足之后，他又会把事业放在重要位置上。但是，被女人肉体以外的东西弄得神魂颠倒时，那就是另外一回事了。

“不管你是不是我的妹妹，我喜欢你，爱你，我渴望你的一切。”

水木想脱下美佐子的裤子。

“求求你了，请千万不要这样。不管我多么爱你，绝不能越过这个界限呀！如果你硬要胡来，那我就死在您的眼前。”

美佐子并不是威吓！自己不能失去美佐子，而且，在这种时候，美佐子要是死去，水木就将处于一种极不利的地位上。如今，他和美佐子是同等的继承人了，尽管因嫡生和非嫡生的区别而继承财产比例不同，但地位一样。若美佐子死去，水木肯定受嫌疑，这样势必要人财两空。

“可是，我们的关系还没有绝望。不管发生什么事，你都不要绝望呀。”

水木求美佐子道。

“可是，除了绝望以外，又能怎样？即使我们俩一起逃到海角天涯，也无法消除我们是兄妹这一事实啊。”

“也许会有办法的吧。”

“不会有办法的！”

这种情况下水木无法解释。他仅仅强吻了吻美佐子的嘴唇，不得不放开了她的身体。

“事到如今，请允许我辞去常务，不，哥哥的秘书工作吧。虽然时间不长，但非常感谢您的关照。那一段快乐的时光，我终生再不会有了。”

“你现在住在哪儿，请告诉我。”

“我想，在一段时间内，我们还是不见面的好。让我冷静地调整自己的心绪，以使自己能够在下一次见面时，像真正的妹妹一样平静。”

已经无法挽留美佐子了。水木不仅为没有得到美佐子的身体而感到遗憾，同时好像被美佐子剜去了心头肉似地痛苦。

第十二章　傀儡的背叛

1

“我总感到有些可怕!”

一天，水木回到家，多津子对他说。

“可怕? 到底有什么可怕的?”

“总觉得有谁在暗中监视着我们!”

“是精神作用吧? 阿松已经死去，谷口与君代也身陷囹圄，再也没有人监视我们了!”

“如果谷口他们交代了杀害一郎的罪行，那我们就要被嫌疑了。”

“这也不要紧，只要一郎的尸体不被发现，就没关系。即使是警察，也不会在没有发现一郎尸体的情况下相信一个杀人犯的话。”

“是啊，我也这样想。可是，在他们被逮捕以后，我反倒感觉我们正被谁暗中监视着。”

“这么说，是警察在监视我们了?”

“我觉得是这样。”

“哈哈，是你疑神疑鬼了。现在再没有怀疑我们的人了，这么胆小可不像平常的你了呀！”

“但愿无事。”

“退一万步，即便警察真的怀疑我们，只要一郎的尸体不被发现，他们也无可奈何。”

“如果被强迫检查血液呢？”

“他们不能强制我检查血液，除非掌握了我们无法抵赖的证据。”

“你以前的事会不会暴露出来？”

“知道我的历史的，只有你一个人。柴崎已经死在我们手里了。”

“可是，他们如果到伊豆去调查，有人可能会告诉他们过去有一个叫水木的流氓失踪的事吧？”

“你过于悲观了。那一带，人口流动量特别大，像我这样的离开那里，谁也不会注意而记住的。好了，成功在望，你可不要说这种软弱的话了。”

“是的，也许是我多虑。有碍我们的人全部除掉，我反而神经过敏，对不值得担心的事情担心起来，自寻烦恼。”

多津子终于显得平静。但她“有碍我们的人”这句话，却触发了水木脑海中的一个意识。

“有碍我们的人。是啊，对我来说，唯一有碍的人就是多津子了。只有她知道我是水木，是杀死柴崎的凶手。因此，只要有她，我就有可能再一次变得一贫如洗。如果除掉了多津子，我即便还原成水木，也没关系。美佐子是爱我的，这毫无疑问。我只要将真相对她讲明，她肯定会答应和我结婚。这样，我就可以不必像现在这样提心吊胆、辛辛苦苦地扮演一郎的角色，作财产继承人美佐子的丈夫就够了。美佐子是一个寡欲的人，作为她的丈夫，我不仅可以享受她的肉体，还可以取得财川家的巨富。”

“你在想什么?”多津子问。

2

在审讯杀害高谷松的凶手——谷口敏胜与神川君代时，凶手出人意料地告发现在的财川一郎是个替身。于是，警察方面决定到伊豆网盐温泉去调查。

根据谷口的口供，当地有一个与一郎长得一模一样的名叫水木时彦的流氓在七月初失踪了。水木原是在横滨、川崎一带拥有势力范围的暴力集团组织根岸组的成员，好像还没有前科，指纹簿中没记有他的指纹。

当地人以为，因是暴力集团成员而被追捕，逃窜到网盐温泉来的水木，大概又回到过去的老巢去了。

担当多摩川河滩阿松被杀事件的堀田搜查官和担当西蒲田町域发生的柴崎被杀事件搜查的草场刑事，有着亲密的个人关系。

草场刑事拿着在杀人现场发现的存伞架的钥匙，到银座高级妇女用品商店索希埃特去查问，可是在那里，被认为有可能查到凶手的线索断了。

于是，结果，案件被认为如警察所预测的，是东西暴力集团争斗的余波。然而，草场刑事仍心怀疑问，因为那个流氓民尸体旁边，掉落一把东京大饭店存伞架的钥匙，那钥匙的存伞架处留有一把银座高级妇女用品商店出售的洋伞。

草场刑事觉得，把钥匙和案件联在一起考虑似乎牵强附会。

当然这不是说和被杀害的这个名叫柴崎的流氓，而是和大规模的暴力集团之间的相争一起考虑似乎不太合适。

“这也许是凶手利用流氓势力争斗之机，以掩盖其不同性质的杀人罪行吧?”

草场的第六感官这样提醒他。可是，去妇女用品商店之后，由于线索断了，他们再也不能继续调查下去，他不得不压抑自己的疑心。之后，又因为没有出现新的线索和嫌疑者，这个案件的搜查本部似乎和流氓势力争斗事件的搜查本部合并了。

由于柴崎的死尸是在死伤多人的流氓集团相斗的现场上发现的，所以柴崎的被害被警察认为是相斗案件的余波，警方才组织了几个人作为“相斗案件搜查本部”的支部去调查柴崎被害案件。

正在这时，多摩川阿松被杀案件的担当搜查官堀田，闲谈中将水木失踪的事儿说给草场刑事听。因为阿松被杀和柴崎被杀这两个案件似乎毫不相关，因而两个案件的担当警官原来不进行特别的联系. 他们不过是随便闲聊中谈到这件事。

然而，言者无意，听者有心。草场一听，他心中的疑惑突然膨胀开来。

“这个叫水木的流氓，是根岸组的成员吧?”

“他在根岸组时间不长，怎么了?”

“我经手的这桩杀人案件的被害者也是根岸组的。”

“噢，真巧呀。”

“也许是偶然的巧合，然而……”

“是说不是巧合吗?”

“现在尚不太清楚。不过，水木被怀疑冒充大财阀的独生子，而同一个暴力集团的同伙又被杀。这其中是否有什么微妙的联系呢?”

“确实如此！”

“在我负责的这个案子的杀人现场，还拾到一把东京大饭店存伞架的钥匙。把流氓分子和这样一流饭店联系起来似乎风马牛不相及，可是流氓分子如果变成大财阀的儿子的话，他会像自己的家里一样自由进出这样的大饭店的。”

“那么，对这个叫水木的流氓，你应该再仔细调查一下吧。”

堀田的眼睛突然明亮起来。

“也许，这里面大有文章呢。”

无意识的闲聊将警察官们的调查引向意想不到的方向。不久，谷口与君代的拘留期限已到，他们以杀人及尸体遗弃罪被起诉。

3

多津子对水木最近的行动有些怀疑。当初，她把他拉进这个罪恶的计划中时，他虽然决定干，但有些胆怯。

可是，经过多津子的特训，加上除掉柴崎、阿松、谷口. 君代这些妨碍他们事业的人，水木渐渐自信起来，态度也益发自然、潇洒。当然，这非常有助于实现他们的计划。

然而，多津子对自己的同伙实力越来越增强渐渐不安起来。在多津子看来，水木不过是她谋取财川家产的一个帮手而已，帮手要安心于自己帮手的身份，如果因为工作过于出色，而忘乎所以，甚至喧宾夺主，那对主人来说是危险的。

最近，在水木身上，已表现出这种征兆，水木已具有能够改变自己帮手身份的实力。在除掉那些人以后，他变得越来越像财川一郎了。他确实是一个精明能干的男人，一个不久以前还是一个卑微低贱的流氓，仅仅通过短期的训练，就能够出色地扮演一个大企业的头面人物了。在社交上，他最近好像参加了扶轮社（国际性社交团体）和财政界人士俱乐部。在公司内，他把公司最高决定权交给由聪次主持的常务董事会。因为他没有必要亲自过问。另外他又把营业中的实际事务交给辅佐自己的部下去干。他仅作为常务董事会的一名重要成员出席会议。在会议中，他能敏感地观察大部分人的倾向，采取主流的态度。实际上，这种时候，水木的直觉及判断能力是出类拔萃的。他宛如一个天生的企业领导人，能优雅、婉转地表达一般来说正确无误的意志。当然如果公司面临非常事态，非得要求他拿出扭转乾坤的决策来，他或许会露出马脚。然而，幸运的是公司在这时期一帆风顺。因而公司只要求水木起一个象征性的代表作用，既然是象征的，就不需要果断和革新，岂但如此，没有上述能力比有更好。因此一郎的职务对水木来说再适宜不过了，他只要能装出一副优雅、从容、潇洒的姿态就可以了。由于他的出色表演，看来公司上下没有人怀疑他是一个冒牌货。

一系列的成功使水木意识到自己的能力，他信心十足，他野心勃勃，他知道他无须多津子的指挥，满可以应付自如。岂但如此，把自己视为傀儡的多津子的命令，已简直是束缚自己行动自由的桎梏。

“他也许要甩掉我吧？”

要是那样，那多津子就惨了。因为在法律上，她还不是一郎的正式妻子。因而，在这种微妙的情况下，若被水木抛弃，那就是“借给人房檐，反被人夺去房子”了。

“不能让你这样。”

就像水木站在面前似的，多津子说道：

“你要是这样，我就揭发你是个冒牌货！”

这是她手中握着的强有力的一张王牌。只要水木意识到这一点，那么，他想甩多津子也不敢甩。

“因为除掉了他所有的妨碍者，最近，他变得狂妄自大起来了！”

多津子突然对自己无意的自言自语吃了一惊：

“怎么能说除掉了所有的妨碍者呢？我不就是他最大的妨碍者吗？”

多津子从来没想过自己能是水木的妨碍者。她是计划的制订者、指挥者，水木不过是她的帮手，不，是她操纵着在前台表演的傀儡罢了。既然是傀儡，就不存在妨碍他的人，然而如今，木偶也有了人格，而且，开始摆脱操纵他的演出者，并要取而代之了。

对水木来说，若没有多津子，他除了能独占财川家的财产之外，还可以成为真正的一郎。所以，不敢保证他不会用对付那几个人的手段来对付多津子。

想到这儿，多津子突然感觉自己心中如火在烧。特别是最近，水木担任谷口的职务以后，每天都要到公司去，他们“夫妇”不在一起的时间多了起来。多津子无法想象，在自己看不见的地方，水木在干些什么呢？

她终于感到有必要监视水木的行动了。但是，自己不可能亲自出马，而要依靠这一行业的专门人员。多津子各处物色，结果，选中了一家看来可靠的私人侦探社，用化名委托他们调查水木，重点是多津子不在身边时他的行动。

多津子最担心的莫过于水木结识新的女人了。这样，他更有可能在抛弃多津子这样“危险的妻子”，独占财川家产之后，和新结识的“安全的女人”重新组织家庭。

如果保持这种现状，即便计划实现，水木也终生不能越过多津子而占上风。正因为如此，作为傀儡的他就有可能采取背叛的行动。

接受多津子委托调查财川一郎行动的东都私立侦探社的侦探户波，第一次看到一郎时，不禁吃了一惊。这不是不久以前，委托自己调查财川总一郎女仆阿松行动的那个男人吗？

当时，他使用了“吉冈”这个化名。像这样，户波又被另外一个人委托调查本侦探社的委托人，兴信所和私立侦探社把这样的事情称作“抵触调查”，抵触调查是不受理的。

但是，由于当事者使用化名，所以，无法在调查开始以前发现这是“抵触调查”。本来，一旦知道是“抵触调查”时，可以拒绝继续侦察，但是在受理过程中，户波出于个人兴趣，决定继续侦察。

吉冈，即水木（户波眼里是财川一郎），所委托的被调查人高谷松，前不久在多摩川河滩上被杀了。虽然凶手不是水木，但是，对被委托的调查人被杀一事，户波总觉得其中必有奥妙之处，但他无法解释。

而后，有人又委托户波调查一郎（水木）。委托人使用的是化名，但在调查过程中，户波发现委托人是财川一郎的妻子，户波感到极大的好奇，因为财川一郎夫妇作为委托人可算得上是大人物了。总之，这件事很奥妙，再说，财川一郎的妻子是一个富有性魅力的女人，这也使户波感兴趣。

本来，干这种行当，若好奇心不旺盛是无法胜任的。户波有强烈的好奇心，并具有到处打探他人秘事，鬣狗一样的嗅觉。他在进行这种“抵触调查”时，如果说最初还稍稍感觉到良心责备的话，那么这一点点的良心责备，也因为喝酒和多次接触战斗场面而消失了。

户波预感他可以从中赚一大笔钱。因为委托人是财川一郎的夫人，在水木委托他调查高谷松的时候，所付的手续费相当可观。这次，这位夫人委托调查丈夫时说，花多少钱也没关系。户波还感觉，夫人那美味的肉体似乎也可以和金钱一起弄到手。户波过去所结交的女人中，还没有这样的“尤物”呢。

户波决定背着侦探社，单独进行这种调查，实际上这是一种渎职行动。

被认为是渎职行动这不算什么，而且一般情况下，还能利用通过这种调查所得知的他人秘密作为恐吓他人的材料。

户波怀着新的个人兴趣，侦察水木。于是，水木和神川美佐子在京都饭店一个房间幽会的事，被他发现了。

4

听到户波报告水木和美佐子幽会的消息时，多津子一时目瞪口呆。从最初的惊愕中平静下来之后，袭上她心头的是强烈的愤怒。

“太混账了！”她心里骂道：

俩人到饭店幽会，这说明他们异乎寻常的关系已经有相当长时间了。

他们不仅是单纯的放荡行为。水木已经是一郎，而美佐子作为总一郎的女儿现在已得到承认，所以，他俩的关系不就成为兄妹乱伦了吗？

当然，实际上他们之间没有血缘关系。所以，在美佐子被承认的现在，他们仍继续这种关系。

但是，在怀疑水木的人看来，他们继续这种关系，不正说明他是替身的最有力的证据吗？

“想搞女人的话，随便可以挑别的安全的嘛。”

多津子觉得自己女性的魅力受到水木的轻视，感到耻辱。

“夫人。”

因意外的报告而呆若木鸡的多津子，被户波一喊，仿佛才意识到户波站在自己面前，她抬起了头。

“不是我多嘴，我觉得这是一个严重的问题呀。”

“为什么?”多津子惊奇地问道。

“最近，财川总一郎已承认神川美佐于是他的女儿，因此，一郎与美佐子的关系是近亲……”

“不要说了，这是你的胡猜。俩人即便在饭店的房间中见面，也未必一定就是有不洁的关系！你只要按我所要求的去调查就可以了。”

多津子打断了户波的话。在毫无利害关系的侦探眼里，他们之间的关系是反常的。近亲乱伦和不正当的两性关系还不同，这是一种变态的性行为。然而，在水木看来，他和美佐子的关系不是近亲，因为他知道他和美佐子不是兄妹关系。水木钻了这个空子。

“不能对他掉以轻心了。”

多津子心里叫道。现在必须尽快加入财川家户籍，然后干掉他，该是收拾他的时候了。

5

当天夜晚，多津子又有了一个意外的新发现。傍晚六时，公司总务部长大桥给水木打来了电话。

“我丈夫还没有回家呢。”

听多津子回答后，对方匆忙说道：

“他肯定一会儿就到家。我现在立刻派人去府上，他如果预定要出门，请您务必转告他，在府上稍等一会儿。”

"没有说今晚要出门，不过，您有急事儿吗？"

"不是急事儿。有一份今天必须裁决的文件需要他马上签名。"

"啊，是吗？那么我们在家等着。"

多津子说完，正要放下电话时，忽然又慌慌忙忙地呼喊大桥：

"文件是要我丈夫签名呢，还是盖章？"

"是签名。重要文件，必须有主要负责人签名。因为最近发现有盗用图章的恶劣行为，所以，改用签字代替图章了。"

"这是从什么时候开始的呢？"

"噢，大约两周之前。前不久，财务室有人不正当地使用财务主管的图章，任意开出支票，于是公司在加强对图章管理的同时，决定凡重要文件都要有主要负责人的签名。"

他说的财务主管，就是谷口。也许有人趁他被逮捕的混乱之际，搞什么鬼名堂吧。然而，多津子关心的不是这个，而是从两周前水木已开始用一郎的名字签名的事。但水木总是瞒着她，编造借口拒绝签字，阻拦多津子入籍。

"混账透顶！"多津子情不自禁地小声骂了起来，令人难以想象这是出自一个女人之口。

"您说什么？"大桥责问道。

多津子连忙掩饰：

"对不起，我是说我这边的事。我让丈夫等着您派来的人好了。"

不久，水木回来了。多津子不动声色地把他迎了进来。大约过了十分钟，大桥派来的人也来了。

"有什么事啊？"

刚刚换上便服的水木露出一副惊讶的神情。

“说是要问你有关文件的事情。”

多津子故意装作不知道签字的事，她打算在水木签字的现场表现出吃惊的样子来给水木看。

“那么，让他到对面的房间去吧。”

其实内心忐忑不安的水木表面装作若无其事的样子让来者到另一房间。

“哎呀，为什么不叫他到这里来？”

多津子心怀叵测地问。因为家里来客人有诸多不便，所以没特意准备客厅。

“不。那个，我们还要谈工作上的事。”

“没关系，我要到厨房去准备茶水。对面的房间也没有收拾，那么乱，让外人看见也不好。”

水木无话可答。

“到这边来吧。”他勉勉强强地说。

“常务先生，是这样的，文件上您还没有签字呢！”

来人毫不含糊地大声说。在隔壁厨房里的多津子，突然觉得这是外人的事似的，感到滑稽。

水木一边不断地向多津子那边窥视，一边急急忙忙地签字。多津子准备好咖啡，端进房间，来人已经站了起来。

“哎呀，要回去了，我已经冲好了咖啡。”

多津子故作惊讶地说完，水木急忙推辞：

“不用了，不用了，他马上要把文件送回公司去。喂，是这样吧？”

“嗯，嗯。”

来者对于芳香的咖啡似乎有些恋恋不舍。

“喝杯咖啡的时间总是有的吧？”

“他咖啡已经喝得太多了。”

“那么，换杯红茶或绿茶吧?”

多津子恶作剧似地不肯放松。

终于把来人打发回去后，水木刚刚松了一口气时，多津子将一份早已准备好的文件递到他面前。

“喂，这份。”

“这是什么?”水木把汗津津的脸朝向多津子。

“没什么，是我们的结婚申请。我已经签过名了，你也签上吧。”

“你……你……”

水木因意外而发呆了，多津子又进逼一步：

“你刚才那文件上的签字，不是很漂亮吗?像那样的签字，谁都看不出破绽来。”

“那个……那个……”

“那可是重要的文件，这是大桥先生说过的呀。好了，钢笔在这儿。”

多津子不给水木喘息之机，她最后通牒似地将钢笔递给水木。水木已无法推脱，他磨磨蹭蹭地接过钢笔，在结婚申请书上签了名。

“这可以了吧?”

水木签完名，将申请书递还给多津子。

“好了！这样，我们就是被法律所承认的夫妻了。今天晚上，我们要再一次为新婚干上一杯!”

多津子兴高采烈地站起来，水木憎恶地望着她的背影。

第十三章　美丽的赠予

1

多津子如愿以偿，她终于加入了财川家的户籍。她是趁水木在文件上签名之机，像强迫辞职一样地逼他在结婚申请书上签字的。从此，在法律上她将可以堂堂正正地分享她们所窃取的战利品了。

这样一来，他们俩人的处境分别发生了变化。这次轮到水木成为多津子的障碍了。可是，与此同时却出现了对他颇为有利的好兆头：原来总一郎表面上已趋于稳定的病情突然又恶化了。

也许他承认了美佐子后，一时高兴，对病情疏忽大意，致使病情加重，食欲急剧减退，老迈的程度增加，之后，又由于脖子上生了恶性肿瘤，接受放射线治疗，而加速了身体的衰弱。

医生已悄悄地对水木讲，现在是该让亲属们前来会面的时候了。

对于水木来说，他盼望的日子终于接近了，因为按规定，继承是从被继承人死亡之时开始的。但是，越是接近这个日子，水木的心里越是不安，他甚至觉得这个日子还是永远不到来才好。

在他看来，这种奇特和大胆的阴谋是不能够成为现实的。能够如此顺利进行到现在，实在令人不可思议。不过他依然内心惴惴不安：不管是在得到财产之前，还是在得到财产之后，阴谋一旦暴露，则将一败涂地。

自继承开始后，首先，他的直接利害冲突者是多津子。她把水木作为谋取财川家产的工具，这个工具已充分发挥了作用，完成了使命。为了不致引起他人怀疑，她也许不会对水木立刻做出些什么事来。但要警惕，在他们得到财川家产的瞬间开始，她会有步骤地要弄种种阴谋诡计收拾水木。

迄今为止，作为她的同伙，他已充分认识了她罪恶的灵魂和领略了她卑劣的手段。毫无疑义，这个坏女人多津子即将集中全部心计，向水木攻击。

可是，水木现在茫然不知所措。他应该先下手为强，否则要遭殃的。

正当他惶惶不安的时候，过去曾接受他委托调查高谷松的私立侦探户波给他打来了电话。

“你怎么知道我在这儿呢?”

委托调查时，水木使用的是化名。他并未向户波说出自己的身份和住址。另外，之所以能够轻易地借他人之手干掉了谷口和君代，是靠户波的帮助的，因而，水木一下子对户波警惕起来了。

“吉冈先生，噢，不，财川先生，您要多加小心呀，有人在侦探您的行踪呢。”

最初，户波这样吞吞吐吐地警告他。

“侦探我的行踪？是谁？别开玩笑了！你是怎么知道我的身分的呢？”

水木以为，户波怀疑阿松被杀与自己有关，来恐吓自己。但这不可怕，因为自己连一个指头也没有碰到阿松。

当然是水木他们设下圈套使谷口和君代上当，而当谷口和君代中了计，杀死了阿松时，水木向警察报了案。这件事谁也不知道，即使知道了，水木可以说是自己目击凶手作案而告发的，以此能巧妙地解脱。因此这件事本身和调查阿松没有直接关系。

这个问题并不可怕，令水木害怕的是户波出于什么用心探听自己的身份呢？

“有人委托我调查您的行动，最初，我不知道是您，但在侦探中，才发现原来是我以前的主顾。我大吃一惊，心想应忠实以前的主顾，才告诉您。因为过去在接受您委托时，您除付给我调查费之外还给了相当可观的津贴费。”

“是这样吗？那么，是谁委托你调查我呢？”

“如果我要说出来，就等于出卖我现在的主顾了。”

“既然这么为难，你为什么要告诉我呢？”

“是对您以前津贴费的一种补充报酬吧。”

水木终于明白了户波的意思，想再一次得到一笔钱。然后，根据金额的多少，再决定对旧主顾尽忠的程度。

“明白了，我们在哪儿见面呢？公司里不行，你指定个地方吧。”

“我想说，到东都饭店 811 房间。但是，两个男人大白天一起到双人房间也不太合适吧？”

户波对着电话听筒笑道。水木不由地低声呻吟起来：东都饭店 811 房间，这不是自己和美佐子第一次也是最后一次幽会的地点吗？户波竟然连这一秘密也侦探出来了。

水木感觉到了新的强敌的阴影在作祟……

2

二十分钟后，在户波指定的吃茶店里，水木和他会见。

“那么，是谁暗地请你调查我的？”水木盯着对方的脸问。

“看起来您很担心哪。”户波故意使人焦急地笑着“您能猜出是谁吗？”

他望着水木的眼睛。水木领悟到他正催促自己拿出一笔钱来。于是，就从桌子下面将几张一万元的钞票塞进户波手里。户波悄悄数了一下，仿佛满意了。

“是您最亲近的人！”

最亲近的人，那肯定是多津子了。在公司里，美佐子走后，又派来一个接替她的新秘书。他和新秘书现在不过是纯事务的关系。

“真的……”

“是啊，所有的妻子都对自己丈夫的行为感兴趣嘛。”

“这么说，是多津子了！”

水木咬紧嘴唇，多津子终于开始行动了！以前，作为同伙，他充分领教了多津子的本领，这个最强的敌手，现在明显地露出了敌意。

“在接受太太委托时，实在没有想到对方是吉冈先生。可是，开始跟踪后，才知道原来是您。于是急忙向您报告了。”

拿到钱后，虽然故意表现出对旧主顾忠诚的样子，但无法掩饰内心对钱的欲望。

“我在东都饭店和谁相会也被你调查出来啦？”

“嗯，该怎么办?”

户波别有用心地笑着问。他也许是想在说出什么之前再要求得到一些钱吧。水木又塞给他两张一万元的钞票。

“这样，该行了吧?”

“是神川美佐子。一点儿也不错吧。可是，对方是您的同父异母的妹妹啊。你们相好，不是近亲……吗?您知道这一点，为什么还与她保持那种关系呢?”

“别废话了！你已经对多津子说了吗?”

“没有，我还不知道该告诉不该告诉呢。若如实报告吧，就出卖了以前的主顾；若不报告吧，又对不起现在的主顾。”

“也就是我可以用钱把这情报买下来了?”

“先生理解得很快呀。”

户波嬉皮笑脸地卑贱地笑着。他是一个完全不可靠的人。他为了金钱，才给水木提供了新的宝贵的情报。对于这样的家伙，也许，今后仍可以借助金钱的力量，使他成为一个能随心所欲地加以利用的工具。

“你这种两面三刀的行为被公司知道了，可不好吧?”

“这是我的个人调查。”

“个人调查?”

也就是不通过公司而进行的调查。每一个调查员都有几件个人调查，因为光靠公司的工资是无法生活的。”

“可是，接受多津子委托的，不是你吧!”

“碰巧是我。将美貌妇人的委托作为自己的个人调查，这也是人之常情吧。所以说，她的委托从最初开始就完全是我一个人经手办理的。”

这样看来，户波是被多津子的女性魅力所吸引，来进行个人调查的了。这更说明他完全不可信赖。不过，想探听漂亮女人的秘密，也是一切男人共同的心理。水木最初不也是因为受到这种诱惑而参加多津子的计划的吗？

毫无疑义，户波现在是为了获得金钱才给水木提供新情报。而在多津子面前时，他恐怕又会被她那肉体的诱惑而背叛水木的。

但是，这也没关系。只要保持警惕，在不泄露自己的秘密的前提下利用这种双重间谍对自己还是有用的。至少，由于户波这次提供的情报，自己对多津子更加小心并马上采取防范措施。

水木意识到，终于要与最强的敌手短兵相接了。

3

从户波那里得知美佐子和水木的关系时，多津子不禁大吃一惊。不过，仔细一想，她又觉得，这不正是收拾水木的绝好机会吗？美佐子是总一郎最近才承认的私生女，在此之前，美佐子根本不知道自己的父亲是谁？她的父亲总一郎大概是想让妹妹做哥哥的秘书以得到哥哥的关照。可是，美佐子和水木二人当初并不知道他们是兄妹而发生了爱情，待到知道这个事实时，其爱情已发展到难舍难分的程度以至已经不可能像快刀斩乱麻似地一下子割断了。目前他们还继续保持着恋爱关系。但是，这种爱情已被染上了兄妹乱伦的有毒的色彩。它是违背法律与道德的，因为尽管是人，却保持了动物似的性关系。然而，他们又难以断然分手，因而，苦恼一定是很深重的。

另外，由于水木意外的出色演技，人们已完全相信他是真正的一郎了。这样，当他与美佐子的关系一旦公开，将被认为是近亲乱伦。而如果他们在这时一同死去，一定会被认为是为了清算这种罪恶的恋爱关系而选择了死亡这条道路的。因为他们绝对不能生活在一起。

“所以，如果让他们二人一同死去的话……”想象着美妙的前景，多津子笑了。就在这同时，她的身体开始显露出某种症状。

在提出结婚申请书的几天之后，多津子经常感觉恶心，但她不记得自己吃了什么不洁的食物。是怎么回事儿呢？当她好不容易忍住呕吐，躺在床上时，突然想起了什么。

这次月经，已经过期了。她的月经本来不太正常，常常有这样过期的情况，所以她没有介意。可是，最近她经常感到身体疲倦，虽然只呕吐过一次，但一直感觉胃里不舒服、食饮不振、浑身轻度发冷。而这些症状从未有过。

“也许……”

多津子抚摸着自己的下腹，但还没有任何形状的变化。她急忙去询问妇产科医生，果然已经怀孕三个月了。

多津子暗自点头。最近和水木同房次数变少，所以大概在什么时候受孕，她心里有数。被确诊怀孕后，多津子仿佛又得到一件强有力武器。

她所估计的受孕日期是在她入籍前几天。男女双方没有登记而同居，其婚姻是不为法律所承认的，当然这期间所怀孕的孩子也不能成为嫡子，并且如若得不到父亲的承认，就会成为无父的私生子。

但是民法规定，妻子尽管在入籍前怀孕，但在此之后正式入籍。孩子即便在婚姻登记后不到二百天出生，也能取得嫡子身份。

而且，根据现在的时间计算，多津子腹中的孩子还能在结婚登记日二百天以后出生呢！

“孩子，虽然还不知道你是男是女，但你来得正是时候!”

多津子克制住油然而起的侥幸感，疼爱地抚摸一种植着新生命嫩芽的下腹部。由于怀孕，她完全可以不必要等待水木的继承权了。

根据继承法，胎儿可以看作是已出生的子女而拥有继承权。所以，即便在胎儿出生之前水木死去，胎儿仍然可以作为水木（一郎）的子女，继承总一郎的遗产。如果现在水木和美佐子情死，那么财川家的家产将全部由多津子腹内的这个可爱的胎儿继承。

“这真是太妙了!”

多津子为自己这个突然得到的成形的“武器”而高兴万分。她决定对水木隐瞒自己怀孕的事实，她所说的“太妙了”，并不是指孩子本身，而是指孩子所起的武器的绝妙作用。

多津子知道，为了使胎儿独占财产，必须及早行动。因为一旦总一郎“升天”，继承即开始。届时，水木得到全部财产的三分之二，另三分之一将由美佐子继承。为了避免美佐子得到财产，必须赶在总一郎死之前，让他们先死。

按正常顺序继承，水木和美佐子继承了遗产以后，多津子可以分得水木所得到财产的一半，即总一郎全部财产的三分之一。现在的问题是，她是克制更大的欲望满足这三分之一的财产呢，还是通过腹中的胎儿占有全部财产呢?

财川的财产，即便是三分之一，也是巨大的。多津子曾经认为，能得到三分之一就心满意足了。但是，自从发现过去的同伙水木似乎要抛弃她以后，情况变了。

对于水木来说，多津子是他自己独占遗产和与美佐子恋爱的妨碍者。同样，对于多津子来说，水木的存在也是一个危险。因为，即使他们在总一郎死后，顺利地继承了遗产，但如果水木是替身的秘密一旦暴露出去，继承将失效。所以，水木活着，就意味这种继承是不保险的；而如果他作为一个真正的继承人死去，使多津子通过胎儿继承了全部财产，这样就安全了。

总而言之，现在正神魂颠倒地陷入美佐子情网的水木，不知何时将被人识破其真正面目，所以，收拾他，对多津子来说，不仅是为了增加遗产的数额，也是出于自卫的目的。

但是，多津子现在还没想出一个置他于死地的十全十美的办法。除掉柴崎和谷口，她依靠的是水木，并且当时有种种偶然的有利条件，而干掉这个昔日的同伙，只能靠自己单独作战了，岂但如此，还必须绝对隐蔽。因为他就在自己身旁。

虽然想出了计划的大纲：使水木和美佐子像情死似地死去。但还没有想出具体的作战方案。

不过，眼前有一个人她可以利用，那就是户波，出于女人的直感，多津子看出探听出水木和美佐子关系的户波对自己的关心异乎寻常。但把这样低劣的人作为自己的合作者，将来还得下功夫去对付这个新的危险人物。

户波是个要小聪明成不了大气候的家伙。他贪婪、固执，宛如一条吃别人残羹剩饭的野狗。不过，他没有野狗的那种野性，所以，只要给他以好处，或许能作为一个手中的工具这样，可以把自己置于安全圈内，采取遥控方法像机器人似地使用他。

多津子不知道户波也把情报卖给了水木。当然，这也是由于水木对此事和自己反过来利用户波的事十分注意保密的缘故。因此在户波探听出水木和美佐子关系而令多津子感到他还有点儿手腕后，多津子仍令他继续监视水木。但是多津子绝不让户波探出水木是一郎替身的秘密。而在目前的情况下，户波也绝难探到这个秘密。这是因为知道这个秘密的谷口和君代已被起诉关在拘留所里，和外界断绝联系。他们的“水木是个替身”

的供述，警察当局是严格加以保密的。由于有了这个安全阀，多津子大可放心地利用户波了。

多津子从委托开始，就对他不隐瞒自己是一郎之妻的身份。因为即便暂时瞒过，但他在调查水木过程中也会了解到。在最近，为听户波的报告而数次和他接触过程中，多津子发现他对自己的兴趣日益加深。现在她开始间接试探他，以尽快把他当作对付水木的得力工具。

“那次以后，他们两人就再也没有见面吧？”

“是的，我严密监视，但他们没有再见面。”

“美佐子住在哪儿，您知道了吗？”

“出事以后，好像随外祖父母到什么地方旅行去了，后又回到故居。”

“这件事一郎知道吗？”

“恐怕已经知道。好象他几次约美佐子出来，但她闭门不出。”

户波含糊其辞。实际上，正是他为水木探听出美佐子住所的。

“是闹翻了吧？”

“不，好像是女方意识到是兄妹关系采取回避态度。”

“那么，是一郎在追美佐子了。”

“是这样的。不过，放着这么漂亮的太太，去搞别的女人，实在不可思议呀！”

户波想挑逗对面的这个女人。

“是啊，我也想放纵一下，对他报复报复。”

多津子瞟了对方一眼，观察着。为了使他驯服，故意地放出诱饵的香味。

“那么为什么不这样干呢？”

户波的眼光中立刻充满了欲望。多津子熟透了的肉体，户波伸手可及，诱饵的香味是极强烈的。

“哟，这可不那么简单啊！首先，没有对象啊。”

“像太太这样的女人，只要愿意，还缺少对象啊。”

“不，不是的，不能谁都行的，搞不好，就麻烦了。必须是能严格保守秘密的人。”

“若是太太命令，男人们一定会保守秘密的。”

“不能光靠口头保证，必须是经过职业训练的能够保守秘密的人，例如，像你这样的……”

户波的脸立刻红起来了，他浑身颤抖了。

“这家伙，我稍稍逗逗他，想不到他当起真来了。”多津子心中暗笑。

“另外，若不是我喜欢的类型，还不行呢，我是很挑剔的呀。”

“太太喜欢的是什么类型的男人呢?”

户波大概拼命克制住自己的激动，连声音也在发颤。

“说出来也没关系。”多津子目不转睛地望着户波的眼睛。

“就是像你这样的男人!”

“太太……别开玩笑了……”

户波脸上越发变红，身体越发颤抖。

“我说这话可不是开玩笑，对我来说，干这样的事如同过独木桥。”

“太太……太太……我……我……”

“你可别认真起来哪。”

多津子打断了户波的话：

“不能马上就这样。你要知道我是财川一郎的妻子，这个身份对我来说非常合适。即便我的丈夫放荡，我如果跟他学而导致离婚，那么我将会失去这个位置，可是我的丈夫几乎不受损失。并且，因为我的不贞而离婚，我连抚恤金都得不到。尽管你是我所喜欢的类型，但你如果不能向我证实你的忠诚和可靠，我也不敢哪！”

“太太，那么，您要我干什么？”

户波痛切地后悔自己为了一点点金钱向水木提供了情报，作了双重间谍。

“首先，你要成为我忠实的部下！”

“我已经是太太忠实的部下了。”

的确，从这瞬间开始，户波内心发誓对多津子尽忠了。

“总之，我是不能提出离婚的。当然，要是我的丈夫和美佐子一起情死的话，那另当别论……”

多津子若无其事地说。

“不管我丈夫多么放荡，我作为妻子还是要受约束的。但是，丈夫迷恋自己的妹妹美佐子，为了结束这罪恶的邪恋，不是没有和美佐子一起情死的可能。那样一来，我就自由了，我可以带着庞大的财产，和自己喜欢的人结婚。”

多津子说完这谜一般的话后，又望着户波笑。

“哎呀，看我想到哪儿去了。快忘记我刚才说的话吧，我的丈夫又不是个糊涂虫，不会干出兄妹情死的事来。总之，希望你严密监视他！你如能证明你对我忠心耿耿，我会给你特别的奖赏。”

说着，她再一次挑逗地瞟着户波。

4

和多津子分手后，户波一直在考虑一个问题：

“她大概是让我猜谜。”

如果这样那就在唆使我杀人!

这不可能!可是拐弯抹角的话和挑逗性的媚笑，的确包含有令人难解的意思。

作为财川家族唯一的继承人，财川一郎手中掌握着亿万财产。当然财产中也有其妻子的一份。所以，妻子对于丈夫的不忠实行为必须装得视而不见。

但是，如果丈夫发生什么不测先死，妻子当然能继承丈夫的财产，当不想要丈夫，而只想要财产的时候，丈夫先死对妻子来说是最理想的了，因为妻子将同时得到金钱与自由。

所谓不测，当然包括情死。况且情死的对方是丈夫同父异母的妹妹，情死的理由将很充足。同时，同顺位的继承人也将一同死去。

户波屏住气息。

丈夫死后，妻子和丈夫的兄弟姐妹（包括同父异母的兄弟姐妹）是同顺位的继承人。对于厌恶丈夫的妻子来说，水木和美佐子的情死真是求之不得的。

她说喜欢我这种类型的人。她还说，她可以带着庞大的财产和自己喜欢的人结婚，并且目不转睛地望着我。

户波想象着自己和拥有巨大“嫁妆”的多津子结婚时的情景：豪华的宅邸，树木苍翠，繁花似锦，奇岩怪石的庭院，成群的佣人。自己置身于其中……比起这些，最令他心醉的是他能够每夜，不，不分昼夜地享受多津子那充满了性的魅力的肉体，只要一想到这里，户波就心驰神往，浑身发热。

“哪有这么便宜的事儿!”

他摇摇脑袋，竭力消除自己的这些妄想。但多津子那火辣辣的眼神、意味深长的媚笑浮现在他眼前，使他无法排出。现实中，丈夫只要活着，他们就不能分手。可是，又想离开这个丈夫。虽然多津子没有明说，但她可能是要自己“完美”地把这两个矛盾的事实统一起来。

不过，即便是多津子的委托，也不能杀人。在这以前，他只是违背公司规定将几件委托公司调查的事件作为个人调查，以此进行恐吓，从中得到一些钱财罢了，但从未杀过人。

“谁说要你杀人了？我只不过是说要是他们俩人情死的话就好了。”

突然，他耳边听到了多津子的声音。

“对，不是我们杀人，是他们自己情死。他们是为了结束兄妹之间无法继续下去的恋爱而情死。”

他们如果情死，没有人会怀疑的。

他们要是情死，自己所想往的东西将全部到手。他对这种到处打探他人秘事的工作早已干腻了。在每天窥视别人散发着腐臭的可耻之处中，自己健全的良心已逐渐麻痹，而卑劣的好奇心越来越旺盛。这种好奇心即便得到满足，而精神上的饥饿和空虚是无法填补的。他为了求得一时精神上的麻痹，而沉溺于酒色之中。只有沉溺之时，他才能忘却心中被腐蚀出的那个空洞的存在。所以，直到如今，户波没有结婚，不是没有，而是不能。

他再也不能容忍这种令人恶心的生活了。也许，多津子能伸出手来，将他从这污秽的生活中拉出来。

“不行，虽然让我猜这样暧昧的谜语，可自己也不能出什么差错。在没让我看见确凿的证据之前，我可不能干出糊涂事来。”

户波在关键的时刻耐住性子，没有迈出冒险的一步。

5

水木渴望再见美佐子一面。但是，给美佐子打电话，她总是不理睬。最近，美佐子当得知是他打来的电话时，就干脆不接了。

不能见面，他豪无办法，绞尽脑汁考虑的结果，水木还是想利用户波。他托户波想办法能够使他见到美佐子。

户波已经向多津子表示了忠诚，他打算拒绝水木。但是，他的委托包含了一个能够把多津子的愿望变成现实的可能性。她已把自己的愿望暗示给户波，但是，户波还有待于进一步搞清。

“要让他们‘殉情’，那必须让他们见面。”

只有答应水木的委托，她的这个大前提才能成立。但是为了不让多津子怀疑自己当过‘双重间谍’，那必要预先向多津子说明。

果然，听了户波的报告以后，多津子表现出极大的兴趣。其兴趣点是‘让他们殉情’这句话。

“是呀，要是把他们引到偏僻的地方，说不定他们就能自杀的吧?”

多津子终于表示了重大的教唆。她还是想杀死他们两个人。

“太太，即便我把他们引到偏僻的地方，也要冒相当的风险呀!”

“这是什么意思?”多津子故意问道。

“我如果把他们引到偏僻的地方……万一让人看出是伪装成殉情死的呢?”

“伪装?这不可能。他俩如果死了，那是真的殉情呀。他们兄妹相爱，在这个世界肯定不能结合在一起，因此，谁也不会怀疑他们之死是他杀的吧。”

多津子的话充满了信心。

“如果让我把他们叫出来……”

户波还犹豫不决时，多津子嫣然一笑，点头道：“知道了，是要奖赏你的。好了，我给你。”

“真的吗？”

对她突然表现出的慷慨，户波半信半疑。

“可是，什么时候给呢？”

像一条嗅到食物气味的狗似的，户波胆怯地问道。

“你是想马上得到吧，可以的话，现在就给你。”

‘噢，太太！”

户波不觉得声音也颤抖起来。

“什么，不是你自己说的吗？没出息，你是想要我吧。”

“是的，是的！”

“那你跟我走吧。你还是趁我主意没有改变的时候，得到它吧。”

多津子拿了桌上的收款单站了起来。他们现在是在四谷车站附近的吃茶店，因为户波把她的委托作为“私人调查”，因此联络地点由多津子指定，钱由多津子付。交完钱后，他们走出店门。

多津子是开着自己的车来的。

“像躺下似的，坐到后面的位子上吧。”

多津子命令道。车走了不到十分钟，开到千驮谷附近的一家旅馆。因为躺在车后座，户波无法知道准确地点。但从街头广告和建筑，他能推测出大概地点来。车窗外面是一片绿树，车开到一条砂石小道上停住了。

“到了。”

多津子说道。车前面是周围绿树环绕的日本式建筑。这是一座典型的供情人幽会的旅馆，为了使进出者不被外人瞧见，大门设在树丛后面。

他们从静悄悄的大门进去后，没有叫唤，一个中年女招待就从走廊后面走了出来。

“我们要休息一会儿。”

“知道了。”

短短的一句话，女招待已经明白意思了。她在前面引他们走。在铺着地毯的走廊两旁，大概都是供男女幽会的房间。这里的房门不像市中心一流饭店那样规则，难以看出是房间的门还是通路的入口处。

走廊电灯昏暗，行人即便擦肩而过，也难看清对方脸孔。这里充满了这种特别旅馆的神秘气氛。在女招待的引导下，多津子以熟练的脚步通过走廊，好像她曾来过这里一样。

俩人被引到走廊尽头里面的一间房间。打开房门，映入他们眼帘的是一间六铺席的日本式客厅，旁边还有一间被拉门分开的房间，那里大概备有睡具。

女招待很快进到浴室，给他们准备洗澡水后，出来道：

“我马上端茶来。”

“不要茶了。”

“那请你们两位好好休息吧。”

女招待毫无表情地说完就离开了。从她的无表情的面孔可以看出，她对专职侍候他人情事已习以为常了。

听女招待的脚步声远去后，多津子对户波道：

“你先用浴室吧。”

“还是太太您先用吧。”

“我过一会儿。”

“可是……”

户波表现出一副犹豫的神情。

“你是怕我改变主意溜走吗？傻瓜，我又不是小姑娘，既然来了，还会走吗？你放心好了，快进浴室吧！”

在多津子的催促下，户波才放心地站起来。可是，他还是担心自己洗澡时多津子溜走，进了浴室不一会儿后，就出来了。

“你洗得真快啊，象蜻蜓点水。”

户波洗澡速度之快令多津子惊奇，她说着，也走进浴室。户波好像只用淋浴，浴盆的水还是干净的。多津子把身体慢慢泡进澡盆水以后，伸开四肢。她自己也不得不为自己的身体是多么美丽和匀称而赞赏不已。现在，凭肉眼还不能看出她已经怀孕三个月了。

户波一定在外面等她出来等得不耐烦了吧？尽量让他焦急得如同热锅上的蚂蚁之后，给他食物，才更有效果。

和水木相遇以后，她和柴崎搞过。从柴崎那儿得到的特别的“娱乐”给她以从未有的刺激性的乐趣。从那儿以后，她最近和水木已经有相当长时间不同房了。水木自从迷上美佐子以后，和她也只是断断续续地相抱。在不知道他和美佐子的事之前，多津子以为他可能因为急于实现其阴谋而身心过于紧张的缘故。

毫无疑义，多津子也因同一性质的紧张，虽久不干此事，也不觉得难耐。可是现在即将和“丈夫”以外的男人抱在一起时，她才无意识地感到自己身上蓄积的欲望是多么强烈。虽然因为怀孕而令人感到皮肤多少变得有些粗糙，但泡进澡盆的热水之后，她觉得内在的欲望正涌向皮肤之下。

澡盆里白色的汤水是淫荡的。要不是情事之前，女人是不会在白天走进浴室的。此刻，浴室笼罩在腾腾的热气中，更能唤起她对这秘密娱乐的期待。

她久未感到这种生理的欲望了。

“不好办了，究竟是谁奖赏谁，我也不知道了。”

她用两手掩住发热的脸孔。

“可是，不能因为激动，而使肚子里的孩子受罪呀。”

她抑制着逐渐变得强烈的欲望，摸摸自己的下腹部。她正想着，用什么姿势，既不影响胎儿，又能满足肉体的欲望。

第十四章　“丈夫”的复仇

1

水木托户波想办法使他能够见到美佐子时，户波所表现出来的微妙态度令他感到奇怪。本来，他就不相信户波。

对于水木来说，户波是大概能决定他和多津子胜负的一条狗。如能驾驭住他，就能置多津子于死地；反之，则会被他咬伤甚至咬死。

户波表示要充当“双重间谍”的角色时，水木为了得到自己所需要的情报，决定利用这个危险的但能起特殊作用的人物，因为正是户波向他透露了多津子对他产生怀疑，并开始暗地调查他的情况。

但是用金钱收买的人终究不可靠。在利用户波的同时，又要对他保持充分的警惕，要掌握界线。

现在之所以委托户波设法使自己和美佐子联系，是因为他已经知道自己和美佐子的关系，对他不存在避讳的问题。这样自己反而感到轻松。

可是，户波表现出和原来提出愿意充当“双重间谍”时完全异样的暧昧态度：不能立刻答应，甚至表现出不愿承办的神情。

“你为什么不能马上接受呢?”

水木颇感奇怪，因为这件事对户波来说太容易了：不过是代表水木把美佐子叫出来罢了，毫无危险。

水木意识到户波完全站在多津子一边了。于是，当户波说过一两天后给他答复时，他装出同意的样子，之后，在家里严密地监视多津子。

户波之所以不能马上答复，是因为他要将此事报告多津子以取得她的指示。

他们肯定要到什么地方见面的。因而与其再托别的专门侦探去尾随他们，倒不如自己在家暗中监视多津子更方便，更不容易被觉察。

果然，多津子全然不知水木在家暗中监视她，和户波约定在四谷的吃茶店见面。

户波原来游离于两个对立的委托人之间，可是，随后他采取了一边倒的行动，水木却没有意料到。

户波坐到多津子开的车中之后，他们来到位于千驮谷的一家专供情人幽会的旅馆。尾行盯梢的能手户波因为在情事之前心猿意马，竟然没有注意到自己反而被尾跟上了。

水木惊讶得目瞪口呆了，尽管知道户波一边倒，但根本没有想到他们的关系已发展到这种程度了。

“他们两个抱在一起，我再也不能利用他了。”

水木从最初的惊讶中平静下来之后，得出这样的结论。和女人发生两性关系的男人，当然站在女人一边了。

“那么，户波最初为什么把对多津子不利的情报出买给自己呢?”

水木又产生了一个疑问。户波正因为出卖了那情报后，才使水木觉察出他和多津子的两性关系的。

“他们可能是在他向我提供情报之后发生两性关系的。”

水木的推测相当准确，只是他不知道户波和多津子的这种关系现在正即将开始。水木继户波和多津子之后，走进同一个旅馆，他想租他们旁边的房间，但为了不引起旅馆的怀疑，以等女伴为借口，租了二层一间能够见到旅馆大门的房间。户波和多津子在旅馆呆了将近两个钟头以后，都面露满意之色出来了。他们全然没想到二楼的窗帘后有一双危险的眼睛正盯着他们。他们在大门前轻轻地握了握手，道了别。多津子开车先走，户波目送她走了一会儿之后，微笑地踏着砂石路，走到松墙的外面。

一种奇妙的愤怒在水木胸中燃烧，是一种被“妻子”背叛的愤怒。他现在好像是妻子被别人夺走以后的丈夫，因蒙受耻辱而感到难以忍受的愤怒。

从他们满足了欲望之后的轻松神情，可以想象他们刚才在房间时的激烈情景。

他眼前又浮现出多津子那如熟透的果实似的妖艳的肢体。虽然他从心里爱着美佐子，但多津子也是他所需要的女人啊。她是水木为了实现自己谋取财川家产必须加以利用但终究要收拾掉的“美丽的工具”。直至如今，水木还认为她是自己的“私有财产”。

但是平心静气地想，多津子不是水木的妻子，什么都不是。她是财川一郎的妻子，她为了不被人们知道她的丈夫业已身亡，利用水木，获得作为财川一郎之妻的法律承认罢了。水木仅仅是扮演她的丈夫角色而已。因而倒不如说水木是多津子的工具，而他在扮演的过程中，陷入矛盾的错觉。

如今，户波蚕食水木认为应由自己独享果实。事情怎么变成这个样子了呢？

他正在愤怒时，室内的电话响了。

“您的女伴还没来。请问您需要延长使用时间吗？”

刚才为水木带路的女招待问道。现在的房费是按两个小时计算的。

“不，我现在就走。”

水木对着话筒厉声道。这使女招待觉得好像水木因为被女人甩了而发怒。

“那么需要叫按摩的来吗？”

“我身体又不酸疼！”

“可是能够为您排遣因女伴没有来的苦闷吧。”

被女招待这么一说，水木突然意识到她是为顾客介绍那种穿着按摩师衣服，实则是供顾客玩乐的女人。

“我不需要按摩。但有一个女人需要你把她叫来。”

“是谁呀？”

“电话中不好说，你到我房间来一下。”

“我马上就去。”

水木想托女招待把美佐子叫来。他已经多次托认识的女人把美佐子叫来接电话，可是美佐子一听水木的声音，就把电话撂了。她不是讨厌水木，而是担心和水木交谈时，自己内心又产生动摇。水木从她在电话中传来的叹息声和只言片语中听出来，她依然爱着自己。

此刻，他想出一个主意。要女招待给美佐子打电话，告诉她自己得了急病，说是步行时，突然感觉身体难受，走到旅馆附近时，就一头栽倒在地。这样一说，美佐子一定大吃一惊而赶来。他自信，只要她一到这里，就能征服她。

“究竟什么事啊？”

女招待敲了敲门，走了进来。水木立刻塞给她五千元，请她马上办这件事。

“您自己不能直接打电话给她吧！”

女招待好像觉察出事情的大概内容，答应办以后又叮嘱道：

“那您可不能和那个女人殉情呀！”

虽然是短短的一句话，却使水木产生了一个绝妙的念头。

2

“殉情！”

女招待这句无意的话，点燃了水木内心早已潜藏的危险意识。

瞒着丈夫偷男人的多津子和户波如果双双殉情，是不会令人感到奇怪的。也就是说，如果让多津子的尸体旁躺着户波的尸体的话，就能巧妙地瞒过人们的眼睛。

水木心里想道，“妻子”被偷走的怒火消失了。

“客人，可以不必给叫美佐子的女性打电话了吧？”

女招待看到水木陷入沉思，问道。

“不，还要叫，你一定要问清是她本人以后，才能把我刚才的话告诉她！”

“您放心好了，包在我身上！”

善于在男女情场上察言观色、穿针引线处理他们纠葛的女招待，拍着胸脯，信心十足地说。

她当场给美佐子家去电话。碰巧，好像是美佐子接电话。女招待忠实地重复了一遍水木的话，虽然是自己编造的谎言，但一听女招待绘声绘色煞有介事的语调，水木仿佛觉得自己真的得了急病躺倒在地似的。

女招待告诉了美佐子现在的房间号以后，撂下了电话。

“那么，她说来吗?”

水木急不可待地问道。

“客人，您真坏，接电话的小姐一听说您得急病，吓了一跳，说马上坐车来。”

“谢谢你。”

“她到了以后，我带进她来就是了，您好好休息吧。”

女招待笑眯眯地走出去。

美佐子现在正坐车朝这里急速奔驶而来。今天务必占有她。虽然她确信和自己是兄妹关系，但事实上，他们没有血统关系。

首先在她身上刻上男女两性的烙印以后，再告诉她，他们不是兄妹的事实，这是上策。

美佐子是爱自己的，这一点无可置疑。但他们之间还只能算是精神恋爱。在水木看来，再也没有比单纯精神恋爱的男女之情更不可靠的东西了。尤其，女方如果是处女的话，这种当初的一点单纯的恋爱，一下子就会被先占有她肉体的男人蹂躏的。

美佐子的生母是一个可怕的女人。她为了使美佐子能独占财川家财产，杀死了一郎，并千方百计要剥下水木是替身的画皮。尽管是可怕的女人，但毕竟是美佐子的亲生母亲，虽然出于自己的欲望干尽了坏事，但也是为了女儿。

美佐子虽然爱水木，但必须看到她和她母亲之间有强烈的母子之情。因此，现在还不能相信她而把一切秘密都告诉她，否则极为危险。因此，水木此刻只想尽快得到美佐子的肉体，而不打算将真相说出。

即便她十分恐惧兄妹乱伦这个事实，那也要把她拖入肉欲之海，在她肉体上打下烙印。对女人采取强迫手段之后，她就会乖乖地服从自己了。

“总之，首先要造成既成的事实。”

就在水木自言自语时，室内电话铃又响了。

“先生，客人已经到了。”

刚才的女招待打电话通知。水木慌忙走进卧室，钻进被窝里。女招待把美佐子带进房间后，立刻离开。美佐子身着在家穿的简单式样连衣裙，没化妆。看来她接电话后，来不及更衣就匆忙赶来。

但是，映入水木眼帘的美佐子仍然是那样鲜艳美丽。她接到通知水木急病的电话，几乎不及更衣化妆就赶来，这使水木产生一种优越感，并且认为这是美佐子对自己爱情的证据，而感到十分高兴。

“究竟怎么啦?”

美佐子神情紧张地望着水木。

“现在没什么了。刚才从这里经过时，突然眼前发黑，踉踉跄跄走到这里来了。”

“请医生看了吗?”

“没有。在这里躺了一会儿，现在觉得好多了。”

“不行，还是请医生看看吧。”

“不必了，可能是因为轻度贫血引起的。再说，见到你，就痊愈了。”

“我一接到电话，可吓坏了。”

美佐子脸色发青。她惊慌仓促地赶来，因而无暇注意这里是专供情人幽会的旅馆，感觉不出这屋内漂荡着神秘的气氛。

“实在对不起了，这里的人要和我的家属联系，我就把你家的电话告诉了她。”

“可是还好，你没发生什么事，不然，我怎么办?”

美佐子第一次称呼水木“你”。意外地，别离更增加了她的柔情。因为别离，双方更加想念对方。虽然俩人的关系还没发展到水木所认为的真正的男女关系的程度，但美佐子已经接受他的接吻和让他摆弄身体的某些部位了；后来，当她知道他们是兄妹关系时，勉强截断了自己的感情；而现在，当见到水木时，她一时失去控制，对水木的怀恋之情犹如断坝的水，一下子涌上心头。

“美佐子，这话当真?”

水木也第一次直呼其名。他现在不是把她当作自己的妹妹，而是当作即将属于自己的女人。

“是真的。”

正当美佐子低头探视他时，水木一下子用力抱住她的头往自己脸上贴。

“不、不行……”

美佐子开始抵抗。但因为水木紧紧地吻着她的嘴，使她发不出声来。好久没有尝到美佐子芳唇的水木，又使出更大的力量把美佐子的身体往自己的被窝里拉。她又一次拼命地猛烈抵抗。

可是水木更为有力。他知道要是失去这个机会，他再也不能得到美佐子了。他不管三七二十一，死不撒手。对他来说，这是赌注。现在如果征服了美佐子，比起她母亲来，自己对她的引力变得更大。所以，这也是对君代和谷口的挑战。如果征服不了美佐子，那就意味着自己败给君代他们。因此，此刻占有美佐子的欲望，如火上添油，他死死地按住犹如网中之鱼的美佐子，毫不怜悯。

“求求你，千万不要这样！”

但水木毫不理睬美佐子的哀求。就像用暴力对付抵抗似的，美佐子的哀求声被他的行动制止住了。她的上衣被解开。裤子被剥下。这裤子果然像处女穿的，是清洁的，多彩的。它们就像揪下的花瓣。最后水木又凶暴地剥下她的裤衩，这时，美佐子停止了抵抗。她就像被追到穷途末路的猎物，缩着身子。是羞耻使她停止了抵抗，是蕴藏在心底的对水木的思恋，使她失去力气。最近，她宛如压弹簧似地把水木强放在兄长的位置上，此刻，所产生的反作用力又促使她屈服了。

“美佐子，你应该是我的人。”

水木紧紧抱住美佐子那缩成一团的身体……

美佐子除了痛苦以外别无感觉，她觉得自己从人伦的断崖跌进了地狱。

3

水木终于征服了美佐子。但意外地他不感觉到自己胜利了。开始，美佐子进行激烈的抵抗，但是一旦接受水木以后，她变得顺从了。她没有哭泣，只是表现出一种无可奈何的表情。

“你相信好了，我们并不是兄妹。”

整个过程结束后，水木对她道。她轻轻地点点头。

“我给你去电话叫你来时，你再来吧！”

他又叮嘱道。美佐子又默默点了点头。

“你千万注意不可将我们的关系泄露出去，在我认为可以公开的时候，我会说的。”

“以后真的可以公开吗？”

美佐子终于开了口。她从刚才答应水木的瞬间开始，就下决心继续在这条没有前途的黑暗的邪恋之路上走下去。

“真的，你要相信我!”

水木想把他们其实不是兄妹的原委告诉她，但忍住了。现在还为期太早，仅仅经过一次关系还不够，只有不断重复这样的关系以后，才能相信她，而将一切告诉她。

但是，目前这种情况下，由于美佐子感到他们发生了法律和道德所不允许的男女关系，因而产生一种和水木共同犯了罪的意识。这种意识成了一种独特的纽带，把他们连在一起。从这种意义上说，强制美佐子继续这种在她看来是黑暗的恋爱，感到她是可怜的，但是目前，还是不将自己的真相告诉她为好。

水木和多津子的“夫妇”关系表面上很平静，水木已经变成了财川一郎，多津子也加入了财川家的户籍。另外，多津子已经怀孕，但水木还不知道。

作为胎儿的母亲，多津子知道这是水木播下的种子。从表面上看，他们是一对已经有了爱的结晶的幸福夫妇，而实际上，他们是为了各自的生存非置对方于死地而不可的仇敌。

作为夫妇，他们共同起居，但相互在虎视眈眈地窥视对方的隙缝。尤其对于多津子，她必须尽快干掉水木。胎儿在她肚子里一天天长大，她的体形越来越呈现怀孕的征象，被水木看出的危险逐渐增加。

如若被水木看出，让他产生普通的父亲之情，是令多津子麻烦的。对多津子来说，你不过是种马而已，你的任务已完成了。

另者，财川总一郎危在旦夕，为了让胎儿独占继承权，她必须赶在财川总一郎闭上眼之前，除掉水木和美佐子。在这方面他打算利用户波，但不能明确教唆他，她采用“只能意会，不能言传”的方法让户波按他自己的意志去办多津子的事，否则是危险的。

另外，水木也在绞尽脑汁考虑如何利用户波除掉多津子。

这种时候，如果他俩能保持应有的理智，他们就能马上意识到，两个协力战斗过来的伙伴相斗，势不共存。但双方都因为对方知道自己的要害秘密，出于自己的本能要永远封住对方的嘴，加上由于他们巧妙地除掉了柴崎和谷口等人，因此十分自信，更加胆大妄为。

4

多津子患有神经性偏头疼。其实，这并非什么大不了的毛病，吃一两片药即可镇痛。过去这个症状大多发生在月经期前后，可是自怀孕以后，变得无规律了，而且一旦疼起来，疼痛由左前额传到左后侧，令她难忍。如果在和别人谈话时，一疼起来，她听对方的声音如隔一堵墙似的听不清；而自己回答了些什么，也不知道。

所以她身上总带着镇痛药片。但是，自从怀孕以后，她尽量不服用药片了。据说，药片中含有的催眠剂，会使胎儿发生畸形。

即便是畸形，只要能活着生下来，也能继承财产。但是她还是渴望生个健康可爱的孩子；再说，畸形儿即便生下来时是活的，死亡率也很高。可是偏偏在她怀孕之后，头痛加剧，以前是左侧疼，现在扩展到整个头部疼，而且疼痛欲裂，令她极为痛苦。

多津子无法忍耐，请医院的医生专门配制了一种对胎儿绝对没有导致畸形副作用的镇痛药，以备头疼厉害时服用。

据说，胎儿最容易因药物导致畸形的时间是在受孕之后的五十天内，过了这段时间，就比较安全了。水木注意到：现在多津子服用这种胶囊药物和当初让柴崎吃的安眠药外观是一样的。

水木在采用什么手段干掉多津子这个问题上煞费苦心。他绝不能在她死以后留下自己作案的蛛丝马迹。因此不能使用诸如绞杀、投毒这样定型的杀人方法。他考虑种种能造成是自杀或事故死亡假象的方法，但没有一个令他满意。

就在这时候，水木的目光被多津子的镇痛剂吸引住了。一般情况下，从尸体中检查出安眠药，不会马上被认为是他杀的。不过，在没有自杀动机的前提下，服用致死量的安眠药，那就会被怀疑是他杀。因而，她如能在服用致死量以下最大量之上的药以后死去，最为合适。死后，即便被检查出来，也能够解释为因服用过多安眠药（但在致死量以下）而造成事故死亡。

胶囊里装的粉状镇痛剂和给柴崎服用的安眠药极为相似。因而，如果把安眠药装进胶囊里，她就难以分辨出来。

“把安眠药混入镇痛剂里，她一定会吞下的。”

什么时候服用，难以准确估计。从平常情况看，她一般在白天服用。而白天，如果她在开车时服用，那就很有可能导致车祸。但是镇痛药中只能放一个安眠药胶囊。如果放入多个，发生了事故以后，若是检查她随身带的药瓶，那自己就会受到嫌疑。

一个药囊的安眠药，究竟能发挥多大效力，现在尚难估计，不过的确是暗害多津子的一个手段。

于是水木伸手拿过一个多津子随便放在化妆台上的镇痛药胶囊，然后换掉药囊里的药粉。

5

“太太，您丈夫好像怀疑您勾上什么男人了。”

听到户波的报告，多津子不由地脸色大变。

“但您不必担心，他还不知道那男人是谁，只是怀疑您暗中和别的男人有来往。”

户波以意味深长的语气表示，所谓别的男人是指他自己。

“哈哈，你怎么知道我丈夫怀疑我了?”

多津子恢复了原来的表情问道。最近，她瞒着水木搞的男人只有户波，她是给户波特殊的奖赏的。

“这是您丈夫委托我调查的一个问题。托我调查我自己，这是笑话。不过，太太如果还有别的男人，那就是另外一回事了。”

户波的眼睛浮现在猜疑的目光。这种猜疑包含着男人的嫉妒，虽然他仅仅一次获得这个女人的肉体。此外，语言中还流露出一种威胁，如果有除自己之外的“第三个男人”，作为侦探，我一定要把他查出来给你看看。

“混账，我哪有这样的男人!”多津子轻轻弹开他的猜疑，“那么，你怎么向他报告的?”

“当然我告诉他：我已经进行了调查，尚未发现她暗中和什么男人来往。”

“本来就是这样的。我必须明确告诉你，我上次给你的不过是特殊奖赏罢了。你不要因此而摆出大丈夫气概，如果再稍稍表现出一点儿这样的味道，以后绝对不给这样的奖赏了。”

多津子训斥道。户波无话可答。

“那就奇怪了。”

“有什么奇怪的？”

好像狗被主人怒斥之后提心吊胆地窥视主人的脸似的，户波抬起了头。

“我仅仅给了你一次奖赏，你说，我丈夫怎么能感觉出来？”

“不，他不是明显的感觉。他不过是从太太的表情上觉得有点儿可疑。”

“是吗？总之，我是不想让丈夫看出什么来的。”

“如果这样，您就不必担心了，因为调查人是我，我可以在报告上下功夫。”

“但是过于下功夫，反而会招致怀疑的。我丈夫也有可能委托别的私立侦探呀！”

“这方面，您放心好了。”

“总之，因为我丈夫已经有所怀疑，在这一阶段，我不能给您特殊奖赏了。”

“那，太太……”

户波脸上露出一种即将吃到口的食物又被端走的惋惜的表情。他真后悔，这次为了表现自己的忠诚，反而自找了麻烦。

“不过，看你的样子怪可怜的。好了，对你今天表现出来的忠诚，再给你一次奖赏吧。”

多津子看透对方这个男人的心，她满意地笑了。

最近，她对水水已感觉厌倦了，因而户波能给她带来新鲜的刺激。

“可是，今天你一定要把我带到绝对安全的地方！”

户波现在已经成了多津子的“性奴”了。

自从被确认怀孕以后，多津子已经避免自己开车了。因为医生嘱咐，神经紧张于胎儿不利。因此，多津子坐到户波的车上。

“去什么地方?”

多津子把身体靠到后面的座位上后，问道。

“沿着东名走不多远，那里有许多旅馆。”

“要偏僻的旅馆才行!”

因为已经达成了最后的协议，所以这对男女在对话中可以省略彼此心照不宣的内容。横滨出入口附近有一个令户波神往的旅馆，这个童话般的旅馆掩在茂密的松树林中，露出一点红色的屋顶。户波每一次从旁边通过时，都禁不住想，要是搞到女人，带到这里来过一个晚上该多好啊!

车奔驶在首都高速公路时，户波原来轻松的身体开始不舒服了。从进入高速公路后，他有轻微感觉，后来接近川崎收费处时，症状越来越严重。

“你怎么啦?”

突然看到户波开车不自然的样子，多津子奇怪地问。

“突然头疼起来。不要紧，恐怕是因为昨晚酒喝得太多的缘故。”

户波脸色苍白，额头涌出汗珠。

“哎呀，这可不好，能忍住吗?”

“稍休息一会儿就好了，以前也曾有过这样的事。”

户波若无其事地回答，他不能因为一时的难受而放弃到手的美食。

“可是你不要勉强，发生事故就坏了!”

出于自卫，多津子叮嘱。她丝毫没有和户波一起殉情的念头。

车开到一个停车处前，户波慢慢把车开进去。

“想起来了。我随身带有好药。”

多津子从小提包里拿出镇痛的药瓶。

“这是医生特意给我调配的镇痛药，既有效又没有副作用，你吃几粒看看。”

她从瓶子里倒出几粒胶囊药递给户波。

“那么，谢谢了。”

“可是，没有水！”

“车上有瓶装可口可乐。”

户波从箱子里拿出一瓶可口可乐。

“还剩下一瓶，原来放有两三瓶，以备口渴时用。”

户波用可口可乐送下从多津子手中拿过的胶囊状镇痛剂。

“多亏您的药，现在好多了。”

吞下药后，不一会儿户波笑道。比起药的作用来，恐怕更多的是精神作用。他恢复了精神之后，又驾驶汽车奔驰在东名高速公路上。

第十五章　彩虹的消失

1

当水木听到多津子和户波死亡的消息时，不禁一愣。他们是在横滨市绿区干草台的东名高速公路上因撞车事故而死的。据神奈川县警察机动队东名分驻所说，户波驾驶的汽车在前面小轿车轮胎撒气停车时，因刹车过迟而滑到旁边车道上，致使发生一连串汽车相撞事故。他们的汽车在被撞中，因漏油燃烧，关在车中的两个人无法逃出而被烧死。

水木赶往车祸现场。他从烧焦几乎炭化的尸体中好不容易认出多津子。他领回“妻子”的遗体，但久久不相信她已经死去。

事故发生时，天气晴朗，视野清楚。因此警察认为造成事故是由于前方车辆轮胎撒气停住时，户波没有及时刹住车而引起的，他们的死是纯事故死。可是据目睹者证言：当前方的车停住时，还和后车相隔相当距离，后车是完全能刹住车的。

任何人（包括水木）也想不到是水木置换的那粒药进入户

波的体内而导致这意外的事故。

但是，千真万确的事实是，他最后的，也是最令他棘手的强敌，因为这偶然的事故如此简单地死去了。他仿佛觉得笼罩在他头顶上的乌云消散了，压在他心头上的大石块落地了。他兴高采烈：所有的对手都完蛋了，从此，再也没有人知道自己是替身。

多津子死后五天，总一郎也死了。他的死意味着水水的庞大的计划已经实现。在为多津子举行葬仪不久，他又单独租用市中心的大斋场为总一郎举行盛大葬仪。这个葬仪可以说是祝贺水木成功的招待会。

水木已经成了财川帝国的帝王。总一郎一死，所有的人都对他刮目相看了，再也没有比这时僧侣的念经更动听了。首先，总一郎的亲属、亲戚按血统上的亲疏关系依次给死者供香。水木为自己和死者毫无血统关系却又能第一个供香而内心充满胜利感。

“好了，光靠我一个人的手腕和才智，我成功了！昔日流浪汉取得日本财界的一块天地！”

席间，作为丧主的水木致了悼词。但这不是为了哀悼死者，而是作为新帝王的登基宣言。在场的所有人都洗耳恭听他那充满自信的话语。

葬仪之后是告别仪式，参加仪式的公司一般职员，络绎不绝地供香之后，走到水木面前表示哀悼之意。可是这在水木看来仿佛是臣民向刚刚即位的帝王表示忠诚和膜拜。

站在死者家属最后面的是美佐子。从那次以后，水木又和她发生了几次关系。兄妹通奸的苦恼和男女之情的初次感触混合在一起，使她的神情添了不少动人之态。她身着黑色丧服，站在那里别有一番媚态，尽管在这样的场合，也惹男人们注目。

“葬仪结束回家以后，再抱她一次！”

水木老想着那丧服里裹着的只有自己尝过的新鲜肉体，以致差一点儿忘记自己现在正扮演一个悲伤的“孝子”的角色。

告别式后，正要去火葬场时，突然下起雨来了。这仿佛是为送葬增添悲哀气氛的冷落秋雨，可这下忙坏了给吊唁者安排坐车的职员。因为下雨，要坐车的人多了。

“美佐子，请坐我的车吧。”

虽然是总一郎的近亲，但除了水木以外，美佐子不认识财川家其他人。她一个人孤零零地站在那里时，惠子向她打招呼了。自从丈夫作为杀人嫌疑犯被起诉以后，惠子过着遭人白眼的生活。

美佐子的母亲是惠子最恨的女人，她是谷口的情妇。在惠子看来，也是她把谷口引入犯罪的歧途。但是，惠子却不厌恶美佐子。倒不如说，她对美佐子有一种同病相怜感，她们都被夺走了亲人。

“谢谢！”

被惠子这样一叫，美佐子露出被解除窘境的表情。

“雨大了呀！”

惠子望着天空。从场门到惠子的汽车还有一段距离。

“请。”

也为了表示谢意，美佐子给惠子打开随身带来的伞。是水木给她买的那把有玫瑰花样的晴雨两用伞。她是听了天气预报带来的，现在用上了。

“怎么！”

惠子睁大眼睛。她想起过去自己也有一把和这一模一样的伞。

“你的伞是在银座索希埃特买的吧？”

“是的，您怎么知道的?”

“我也买了一把。但不知是忘在哪里啦？多好看的伞呀？我想找找。”

“那忘放在什么地方了呢?”

“是，是，我想起来了，是东京大饭店。那次在那里开同窗会时带去的，出来时，因为雨停了，就忘记带回来。”

“那儿离这儿不远，倒不如现在顺便去取回来，反正现在离拣骨灰还有相当长时间呢。”

“是啊。”

看来，惠子很喜欢那把伞，她犹豫了一下，随即对司机说道：

“先去东京大饭店一下吧。”

草场刑事突然接到雨伞的主人来取伞的报告，急忙赶到饭店。两位妇女是来取伞的，可是被请到休息室等待片刻之后，面前却出现刑事，不觉大吃一惊。

“这是怎么回事儿？我来取自己的东西，难道不应该吗？快一点儿把伞给我，我可没时间等了。”

一个四十岁左右，看起来是上流有闲太太的妇女，满脸不高兴地催促道。

“给您添了麻烦，实在对不起。这把雨伞和一个很重大的案件有关系。首先，请问太太的尊名和住址。”

草场望着这个妇女，问道。

“谷口惠子。”

听说和重大案件有关系，惠子无可奈何地告诉对方姓名。

“您的职业呢……有吗?”

“家庭妇女。丈夫曾经是公司领导。”

“曾经是？那现在呢?”

“已经辞掉了!”

“请问您丈夫的尊名和过去工作的公司。”

“难道连这些也必须回答吗?”

这问题惠子很不愿意回答,因为丈夫作为杀人嫌疑犯正在受审判。

“请您协助了。”

“谷口敏胜。原财川商事专务董事。”

“财川商事?谷口敏胜,那么是发生在多摩川的老妇人被杀案件的……”

草场不由屏住气息。从负责那案件的堀田刑事那里听到的有关一个流氓失踪的消息,又从草场的记忆中浮现出来。谷口敏胜揭发那个流氓冒充财川总一郎的独生子。和那个流氓同属一个暴力集团的另一个流氓被杀,在发现他尸体的现场,捡到一个金属钥匙,这钥匙却又是谷口敏胜之妻所寄存雨伞的伞架钥匙。不同的人物,不同的事件,可是能够有机地联系起来。

“太太!”

因为刑事的脸色和声调突然大变,惠子不由得身体颤抖了一下。

“这是件非常重大的事情,请您认真回想一下。您是把雨伞存放到饭店的伞架上吧?”

“是的。”

“那么,伞架的钥匙在您身上吗?”

当然不在。此刻,钥匙正握在草场的手心里呢。

“是呀,寄存时有钥匙。但不知丢到什么地方了。”

“请问,丢到什么地方了?”

“想不起来,我赔偿好了。赶快把雨伞还给我吧,因为我马上有事要办。”

“您务必回想广下。在从饭店回家途中，您经过什么地方了?”

“因为正下着雨，我直接回家了。”

“您随便搪塞，我可不好办了。当时您忘带走雨伞，是因为雨停了呀!”

草场的诙谐风貌颇像法国有名的喜剧演员，但他的追究是很严厉的。

“这么说……”

从惠子的眼神可以知道，她好像想起了什么。

“回来时，到过住在饭店附近的侄儿家……”

“您侄儿是谁?”

谷口惠子只有一个侄儿……草场激动不已，他感觉大鱼即将落网了。

2

在火葬场，刑事突然出现在水木面前，并要求他以“自由同行”的形式，跟随去一趟警视厅。当刑事告诉他，要向他了解有关蒲田一个流氓被杀案件时，水木一下子就感觉自己即将从经过多少艰险好容易攀登上的高山之巅跌下万丈深渊。他不甘心被人当作蝼蚁之虫终结一生，为了改变现状，浴血奋战。可是，在即将成功之时，遭到了毁灭性的打击。他终究一无所得。岂但如此，他将跌落到比他出发点更深的地狱中。而且，这次再也爬不上来了。

虽然没有出示逮捕证，但从刑事自信的神情上，水木觉察到警方已经掌握了充分的证据。他即便矢口否认而能脱逃杀死柴崎的罪行，但如果被强迫检查血液，也可能蒙受杀害一郎之罪。并且，还有可能被怀疑是他暗害了多津子和户波。

他已经无路可逃了。

“美佐子，我完蛋了！”

他眼前浮现出美佐子朦胧的影子，相信自己犯下了兄妹通奸罪过的苦恼深深地折磨着她，她面带忧愁。他和她的爱也是一场空梦啊！

“你说什么？”

刑事问道。

“不，没什么。”

水木回答。可是，与此同时，他突然想到，他的被捕存在一个意义：可以告诉美佐子，他们的关系不是兄妹。

他们是在会被认为违背道德和法律的情况下发生关系的。因而，作为他罪恶的计划受挫的补偿，他现在可以告诉美佐子，他们不是兄妹关系，他们的爱情不是肮脏的。

不，或许，自己就是为了邂逅美佐子而设计了这一场恶梦吧。要是这样，我的梦实现了！

“尽管是恶梦，我的梦是美好的。它给我以生的感触呀。”

从火葬场的等候室里出来时，不知什么时候，雨已经停住了。天空中架起一条五光十色的彩虹。这以火葬场烟囱（此刻正吐着燃烧死者遗体后的烟）为背景的拱桥似的彩虹，不正是如梦幻似的人生的写照吗？

在美丽的彩虹下，水木仿佛看到美佐子转动那美丽的玫瑰花样的雨伞笑着。

当然，他还不知道，正是她转动的这把雨伞是他破灭的导火线。

“一郎！”

美佐子朝他喊道。现在不是幻影，是实实在在的美佐子了。

她在饭店耽误了时间，来迟了。

“再见了！”

他竭力地把眼光从美佐子身上转开，喊道。

尾　　声

在水木供认自己罪行之后两天，一个年轻妇女在千驮谷旅馆的一个房间服安眠药自杀了。据旅馆介绍，她说她曾经和男伴来过这里一次，过一会儿，她的男伴还要来。旅馆相信了她的话，把房间租给了她。

因为她的男同伴久久未到，招待员觉得奇怪，去看她的房间，可是晚了，她已经死了！

自杀者名叫神川美佐子，没有遗书，谁也不知道她自杀的原因。她是在第一次把肉体给水木的地方绝命的。

得知美佐子死的消息后，谷口敏胜向警方自供道：

“美佐子是我的女儿，君代怀孕之后，才得到总一郎关照的。总一郎相信这是他的孩子，我们想利用这一点谋取他的家产。一郎死之后，美佐子如能得到承认，我们就能独占财川的全部家产：如果得不到承认，他的财产将由他的弟弟聪次和妹妹——即我的妻子惠子继承。对我来说，结局总是美妙的。我之所以和君代一起杀死了一郎，是为了我们的女儿能够继承财川总一郎的全部财产。”

神川君代哭了；

“是我害了女儿呀！”

被逮捕以后，她第一次哭。

财川总一郎死的同时，他生前委托的律师开始办理财产继承手续。律师在伊豆地区查找一个人，他的名字叫水木时彦。据说总一郎年轻时到伊豆玩，一时兴起，和一个艺妓发生了关系生下了他。以前，由于总一郎担心继承关系复杂化，没有承认这个儿子。但在临死前，他心中的父子之情被唤起了，于是，在遗书中写下要遗赠给他部分财产，希望律师找到他。

美佐子终归是不能和水木结婚的。以此观之，她的死也许还有点儿意义。

财川总一郎的财产最后由弟弟聪次和妹妹惠子继承。

当惠子从律师那里接到继承遗产通知书时，说：

“哎呀，这怎么办呀？”